約會大作戰 7 真實美九
DATE A LIVE Truth MIKU

「稍微乖乖別動。」
精靈——狂三

「狂三？」
高中生——五河士道

「唔……咕——」
士道的同班同學——鳶一折紙

「我是不太想殺妳啦……
但妳看來很會動歪腦筋，
我可不希望放過妳啊。」
最強巫師——艾蓮・M・梅瑟斯

「咦……？」
精靈──美九

『因為我們——約好了啊。』

「〈王國〉反轉了。來，等著吧，人類。」

DEM Industry 執行董事——艾薩克．威斯考特

CONTENTS

約會大作戰

真實美九

橘 公司
Koushi Tachibana

Kadokawa Fantastic Novels

彩頁／內文插畫　つなこ

精靈
THE SPIRIT

存在於鄰界，被指定為特殊災害的生命體。發生原因、存在理由皆為不明。
現身在這個世界時，會引發空間震，給周圍帶來莫大的災害。
再者，其戰鬥能力相當強大。

處置方法1
WAYS OF COPING 1

以武力殲滅精靈。
但是如同上文所述，精靈擁有極高的戰鬥能力，所以這個方法相當難以實現。

處置方法2
WAYS OF COPING 2

——與精靈約會，使她迷戀上自己。

真實美九

Truth MIKU

SpiritNo.10i
AstralDress-PrincessType Weapon-ThroneType [Nahemah]

第六章　惡夢再次降臨

「你看起來似乎很煩惱呀——欸，士道，要不要和我聊一聊呢？」

在一棟昏暗廢棄大樓的某個房間裡——

從漆黑暗處爬出來的少女，露出神祕笑容如此說道。

「什……」

士道驚愕慌亂地睜大雙眼，連尖叫聲也發不出，僅直盯著眼前這幅異樣的情景。

那是個美得令人背脊發麻的美少女。

話雖如此，但令人背脊發麻……這個形容詞並不僅是用來形容她的美麗，只要是和她對峙的人應該一瞬間就能了解吧。從那故作微笑的表情當中感受到的，並非親愛之情或歡喜之色，而是只有捕食者絕對的悠然及肌膚戰慄的緊張感。

每當她嗤嗤一笑，左右不均束起的漆黑頭髮便會搖晃，包覆纖細四肢的則是染有血色與暗影的洋裝。然而，構成她的因子當中最詭譎的是她的眼睛——裝飾著端正容貌的異色雙眸。仔細一瞧，她的左眼浮現出錶盤，指針滴答滴答規律地數著時間。

「時崎——狂三……！」

士道從喉嚨擠出那名少女的名字——狂三。士道之前的同班同學——依照自己的意志殺人的「最邪惡精靈」。

狂三聽見士道這句話，抽動了一下眉毛，然後聳了聳肩。

「哎呀，難道是我搞錯了嗎？四糸乃和八舞姊妹被精靈搶走、十香被DEM公司綁架……你看起來束手無策，走投無路了呢。」

「什——」

士道屏住呼吸。

——狂三說的話完全沒錯。

距離現在數小時前，士道在天央祭會場的天宮廣場與操控聲音的精靈——誘宵美九對峙。可是，美九利用她的天使〈破軍歌姬(Gabriel)〉，操控了四糸乃、耶倶矢、夕弦，以及會場上的所有觀眾。

而且，應該透過擴音器聽到她「聲音」的琴里等人也轉而投靠敵方陣營……雪上加霜的是，突然出現在現場的DEM巫師(Wizard)艾蓮擄走了十香。

拚命逃出的士道好不容易成功躲到市區郊外的廢棄大樓裡，無力感卻令他只能捶打地板。

事情確實全部被她說中。不過，正因如此才覺得莫名其妙。

「……妳為什麼會知道？」

「呵呵，別問那麼不識趣的問題嘛。只要是士道的事，我什麼都知道喲。」

狂三以可愛的舉止微笑著如此說道。不知為何，盤踞在狂三腳下的黑影同時微微蠢動，似乎還可聽見好幾個微小的笑聲。

「…………」

士道憶起好幾個月前看到的情景，嚥了嚥口水。想到這裡，不是比喻也不是說笑，狂三確實擁有好幾副「眼睛」及「耳朵」。即使在那會場之中混入了一兩個「狂三」，也完全不奇怪。

意識到這一點的同時，大音量的警鐘在士道的腦海中回響。

狂三她非常明白現在在這個場所沒有任何人可以保護士道，也沒有任何人會趕來救援——沒有人可以打擾狂三「進食」。

「咕……」

士道身體僵硬，縮起單腳。然而看見士道這副模樣的狂三，看似愉快地揚起嘴唇說：

「呵呵，冷靜一點嘛——至少現在，我可沒打算對你做任何處置。」

「什麼……？」

聽見狂三這句話，士道皺起眉頭。

「這是什麼意思？妳的目的不是要『吃掉』我嗎？」

「是呀，這我無法否定——不過，我剛才不是說過了嗎？我現在想和士道聊一聊。」

「……妳要我相信那種鬼話？」

「我現在有必要對你說謊嗎？」

「唔……」

被這麼回話，士道抿起嘴唇。

她說得沒錯。狂三如果有心，要殺要吃士道都隨她的意。實在想不到手操生殺大權之人有何理由要故意說謊。不過，就眼前這名少女的情況來說，因為想看對方放心而和緩下來的表情再次因恐懼緊繃——也是有可能因為這種理由而企圖矇騙對方。

雖然再怎麼想也是白費力氣，但士道依舊不敢懈怠，繃緊神經，反過來直盯著她的雙眼問：

「……妳到底想跟我聊什麼？」

「這個嘛——是關於待會要做的事。」

「待會？」

士道一臉狐疑地反問，狂三便用鞋底有節奏地咚咚敲打地板，朝士道靠近。

然後以緊貼士道的姿勢，將唇靠近他的耳邊——低聲呢喃。

「欸，士道。你想不想救十香呀？」

「什麼……？」

對於從狂三口中說出的話語，士道不禁發出疑惑的聲音。

「妳這是……什麼意思？」

「就是字面上的意思呀。難道士道你不想從ＤＥＭ公司的手中救出十香嗎？」

「我當……當然想啊……！對方是想殺掉精靈的組織對吧？怎麼可以把十香留在那種傢伙們的手裡！」

「嘻嘻嘻，就是說呀就是說呀，這樣才是士道啊！」

狂三以至今最開心的表情笑道。士道因不知所謂的不快感而皺起臉孔。

「可是，為什麼……妳要問我這種事啊！」

「嘻嘻嘻，嘻嘻。」

狂三滿臉詭異的笑容，舔了士道的耳朵。

「……！」

「想救十香……可是，就算再怎麼如此冀望，憑你一個人是沒辦法實現的吧？話說，就連十香被帶到哪裡去，你也不知道。假設真的找到那個地點，得到夢寐以求精靈的ＤＥＭ公司也不可能毫無防備。而且，你知道擄走十香的巫師是什麼人嗎？她可是個麻煩的女人呀。人類想與她為敵，太不自量力了。」

「這種事，不用妳說我也知道！可是，就算這樣——」

「是呀、是呀。士道你會這麼反駁吧。不過，那不是勇氣，而是莽撞之舉啊。光憑心意是成不了任何事的。即使你一個人去挑戰，也只會落得立刻被殺死或活捉的下場。」

「唔……妳到底想說什麼啊？」

「呵呵呵……你還不明白嗎？我的意思是——讓我來幫你吧。」

「什……！」

狂三說出難以置信的話語，讓士道瞪大了雙眼。

「幫忙……？狂三妳……要幫我？」

「是呀，我要助你一臂之力救出十香。」

狂三說完後嘻嘻輕笑。

士道無法理解狂三的意圖，將手扶在額頭上讓混亂的思考冷靜下來。

狂三是精靈——而且還擁有前所未見的強大天使。確實，如果得到她的幫助，奪回十香這個幾近不可能的目標將會透出一線曙光吧。

然而明白這件事的士道更加沒辦法單純感到高興。

「……妳有什麼目的？」

「哪有什麼目的，我只是希望能幫上士道的忙而已呀～」

或許狂三早就知道士道不會相信她所說的話，所以她絲毫不隱藏那像演戲般誇張的口吻如此

回答。

「我說妳啊……」

「哎呀哎呀哎呀。」

半瞇雙眼的士道一說話，狂三便刻意將手放到眼旁假裝默默哭泣的樣子。

「真是傷心呀，人家只是在替士道著想而已。」

「…………」

「還真是信不過我呢～～算了，這也無可奈何吧。」

士道持續投以懷疑的眼神，狂三終於像玩膩了假哭一般聳了聳肩。

「我就老實說吧，我也有其他事要找ＤＥＭ公司。我幫助你，相對的也會把你當作誘餌好好利用一番。也就是利益交換。」

「有事……？」

「是呀，我在找某個人。」

「某個人？究竟是誰？」

「這是祕密。」

狂三伸出一根手指放在鼻子前面，同時眨了眨眼。士道向狂三投以懷疑的視線。

「請放心吧，我沒有說謊喲——當然，要是說到這個地步你還不肯相信我的話，我也不會勉強你。」

「唔——」

狂三說完，士道苦惱地從喉嚨擠出聲音。

老實說，士道無法完全信任狂三。

不過，她是士道唯一能突破現有僵局的機會也是不爭的事實。

縱然無法判斷放在眼前的小瓶子裡裝的究竟是毒還是藥——但如果什麼都不做，身體將會因病倒下。

既然如此……士道即使背負風險，除了將手伸向瓶子外別無他法。

就算裡頭裝的是毒，為了救十香也只能一口飲盡。

「……我知道了，我相信妳。拜託了，請妳助我一臂之力，狂三……！」

士道握起拳頭如此說完，狂三便以優雅的舉止抓起裙襬，曲了曲膝。

「好的——十分樂意。」

她以戲謔的動作做出宛如名門千金大小姐般的舉止行禮，嘻嘻輕笑。

接著，她轉了一圈，裙襬隨風飄揚，咚咚踏著跳舞般的腳步轉向士道。

「好了好了，那我們趕緊行動吧。沒時間在這裡閒聊了，要在事情搞砸前趕緊完成才行。」

「好……我該做什麼才好？只要能救出十香，要我做什麼都行。」

士道一這麼說，更加深了狂三的笑意。

「啊啊，啊啊，真羨慕十香呀，能讓士道這麼關心她。呵呵呵，真是令人嫉妒呢。」

「不……不要嘲笑我啦！」

「我才沒有嘲笑你呢——不過很可惜，那邊還沒有辦法動作。現在『我們』正在調查十香的所在位置，可以再給我們一點時間嗎？」

「……妳倒是準備得挺周到嘛。」

「呵呵呵，因為士道根本不可能拒絕這項提議呀。」

「唔……」

總覺得正中對方下懷，士道不悅得表情扭曲。狂三見狀笑得更加開懷。

「可……可是，這樣我們想行動也沒辦法啊。」

「沒這回事。去救十香之前，不是有很多人必須事先處理嗎？」

像是要打斷士道說話一般，狂三如此回答。

士道馬上就察覺到狂三意指何人，伴隨著沉悶的氣息吐出對方的名字。

「美九……嗎？」

「是呀，好像就叫這個名字吧，那位很會唱歌的。」

沒錯，現在士道之所以會藏身在這種郊區的廢棄大樓裡，原因只有一個，就是因為被精靈誘宵美九追捕的關係。

利用聲音操控人類的美九以驚人的氣勢增加手下，到處地毯式搜索士道，恐怕——是想讓背叛自己的士道遭受報應吧。

士道想起這件事，露出事態嚴重的表情，狂三便像想起什麼事一般啞然失笑。

「……幹嘛啦？」

「沒事，只是想起今天的舞台表演。呵呵呵，很適合你喔，士道。不對，應該是士織吧？」

「…………唔唔！」

士道蹙起眉頭，移開視線。

為了取悅討厭男人的美九才不得已扮女裝討她歡心……看樣子，狂三似乎也看得一清二楚。

「總之，不管原因是什麼，美九都對你氣紅了雙眼，正在追捕你。而且還有好幾萬人，甚至連三名精靈都加入了她的陣營……我說得沒錯吧？」

「……是啊，妳說得沒錯。」

「嗯……這樣的話，還是先收拾她吧。她正陸陸續續擴大統治範圍，這樣下去可能會妨礙我們去救十香。而且士道要是被她抓走，我也會有點困擾呢。」

「收拾……妳說來倒簡單啊。」

「事實上並不難呀。就我觀察，那位小姐實戰方面的能力似乎並不強。」

「說是這麼說，但美九有操控人類的『聲音』和天使不是嗎？」

「沒問題的，我的心沒有純真到聽到那種演奏就喪失心神。只要交給我處理，我可以華麗地殺了她喲。」

狂三說得像開玩笑一般，豎起食指和大拇指做出「砰」的槍擊動作。士道急忙搖頭。

「不……不能這樣啦！」

「呵呵呵，開玩笑的啦。溫柔的士道不會希望用這種方式解決，這種小事我還是知道的——畢竟你是連我這種人都想拯救的怪胎呀。」

狂三說完又將眼唇彎成微笑的形狀。但不知為何，那抹微笑似乎與以往表現出的愉快笑容給人的印象有些不同。

然而，狂三搶在士道指出這點之前繼續說道：

「不過，若不採取剛才的手段就有點費事了呢。即使不可能在這麼短的時間內說服美九，至少也得讓她答應在我們救出十香的這段期間不能出手干擾我們才行。」

「答應……啊。」

士道面有難色地嘟噥後，搔了搔頭。的確不能再放任她繼續增加災害了，至少得做到這件事才行吧。

「可是，到底要怎麼跟她交涉啊？」

沒錯，重點在於那一大群勢力。不知道現在膨脹到幾人的人牆正守護著美九，想接近她都有困難吧。

或許是察覺到士道的想法，狂三將手抵在下巴。

「如果有辦法讓你跟美九兩人單獨相處……如何？」

「咦？當然，如果能做到……」

士道話說到一半，又搖了搖頭。

「不……恐怕很難吧。妳可能也看到了，她不是能好好規勸的人，尤其我現在又被她厭惡到了極點……況且最麻煩的是，可能因為她這個精靈天生擁有操控人類的『聲音』，對人類的價值觀異於常人。」

士道這麼說完，狂三便抽動了一下眉毛。

「狂三，妳怎麼了？」

「……這可難說呀～～」

「咦……？」

狂三一邊用手指摸著下巴說出的話語，讓士道歪著頭表示不解。於是狂三半瞇著眼回答：

「我不知道該怎麼解釋才好，不過那位小姐的價值觀真的是與生俱來的嗎？」

「這是什麼意思……？」

「唔，該怎麼說呢，她感覺有一點奇怪……」

狂三低吟沉思幾秒之後，像是想起了什麼事般抬起頭。

「士道，要不要拿什麼美九的東西過來？」

「美九的……私人用品嗎？為什麼要那種東西？」

「如果我猜想得沒錯，搞不好可以直踩她的痛處喲。」

「妳說什麼……！」

士道皺起眉頭，勉強從喉嚨擠出聲音。

狂三看起來不像在說謊。雖然不知道她究竟意想幹什麼，或許有她的用意吧。雖然理由薄弱，但既然沒有其他方法可行，也只好照她說的做了。

話雖如此，但對方可是精靈，不可能那麼輕易拿到她的私人用品——

「……不，等一下。」

士道抖動了一下臉頰，將手抵在下巴。

◇

「嗯……唔……」

十香伴隨著細微的呻吟張開眼睛，打了個大大的呵欠。

「呼啊啊啊啊……」

這是她平常早上都會做的行為。她在半夢半醒之間做出之後應該要做的動作。

首先必須讓自己的腦袋清醒過來。下床洗臉，然後吃早餐、穿好衣服……沒錯，要跟士道一起去上學。

今天的午餐也是士道特製的便當吧。裡面究竟會裝什麼料呢？光想就覺得雀躍。

「唔……嗯……」

十香一邊昏昏沉沉地微微晃著頭打瞌睡，企圖想從床上站起來。

就在這時，她發現自己沒辦法順利移動身體。

「唔……？」

連想搓揉剛睡醒乾澀的眼睛確認目前的狀況，手也舉不起來。

她覺得奇怪，往下看向自己的身體，發現自己正被迫坐在一張金屬製的椅子上——手腳被類似堅固手銬的東西固定住。手臂順勢被插上了點滴針頭，頭部和手腳都被貼上好幾個類似電極片的物體。

「這是……什麼東西……」

再仔細一看，連服裝也不是平常穿的睡衣。她現在穿著不知何時換上的來禪制服。

十香轉頭環顧四周。

她現在不在自己的房間，也不在士道的家中，而是在一個陌生的場所，大小約跟高中教室差不多。房間角落擺著類似攝影機和擴音器的東西，除此之外什麼東西也沒有，只有一大片死氣沉沉的地板和牆面。而且不管再怎麼環視，這個房裡別說窗戶了，連個可以出入的門都沒有。

這是個異樣的空間。硬要說的話……氣氛很像前陣子在電視上看到的關有重刑犯的個人房。

「這裡……到底是哪裡？」

十香眨了好幾次雙眼讓意識清醒得以思考。

然後過了一陣子，十香終於憶起失去意識前發生的事。

「對了……我在天央祭站上舞台……！」

沒錯。在跟顯現天使的精靈美九以及被美九操控的四糸乃、八舞姊妹戰鬥途中，身穿白金鎧甲的巫師出現——雖然好不容易讓士道得以逃命，但十香戰敗，失去了意識。

「也就是說，這裡是……」

話還未盡，前方突然傳來一陣聲音，十香倏地抬起頭。

剛才什麼東西都沒有的牆面浮現長方形的裂痕，如門扉般朝旁邊滑開。黑暗的空間裡浮現模糊的四角亮光，可以稍微看見外頭的景色。

接著，有一個人從那扇門內走進房間。

高高盤起的淺色金髮和白皙肌膚，相對的，她身上穿的則是看起來十分高貴的黑色西裝。

艾蓮．梅瑟斯。那時與十香交鋒的巫師。

「妳這混帳——！」

十香認出那張臉的瞬間，立即繃緊身體，企圖衝向艾蓮。然而，束縛住手腳的金屬環太過堅固，絲毫未損。

「十香，請冷靜一點。憑妳現在的力量是破壞不了那個枷鎖的。」

艾蓮像是要安撫十香一般回應。那氣定神閒的態度更惹惱了十香。

「別開玩笑了！妳這傢伙，到底有什麼企圖！快點鬆開這東西！」

「就算我替妳鬆開，妳又能怎麼樣？」

「那還用說嗎！我要去救士道！」

十香大聲怒吼。沒錯，雖然從那之後不知道經過了多久，但現在士道應該正一個人獨自躲避美九的勢力。

然而，艾蓮聽到十香說的話，輕輕嘆了口氣。

「士道……是指五河士道嗎？請放心吧，我們也正在調查他的行蹤，最晚幾天之內他就會被帶來這裡了吧。」

「什……！」

「而且天宮廣場的那幾位正在組進攻部隊，天一亮我們就發動總攻擊，捕捉〈歌姬(Diva)〉、〈隱居者(Hermit)〉和〈狂戰士(Berserker)〉。我馬上就讓妳跟朋友見面。」

「妳……妳這混帳！妳打算對士道做什麼！」

「放心吧，我們沒打算對他積極施暴——不過，要是他激烈反抗，倒是可能會折斷他一兩隻手腳。」

「……！」

聽見艾蓮說完話的瞬間，十香的腦海深處似乎產生火花四射的錯覺。像是湧出無限憤怒與憎惡的感覺。與此同時，之前紋風不動的枷鎖發出了「喀嘰」的微小聲響——不過……

「……什……！」

十香屏住呼吸，才看到艾蓮微微動了一下眉毛，她的身體馬上就被看不見的壓力給制住。

「這……這是——」

十香感覺施加在全身的重力增加了好幾倍，發出痛苦的呻吟。

她曾經體驗過這種感覺。沒錯……感覺跟進入折紙她們AST隊員之間的空隙時很接近。不過，那個強度，應該說濃度完全無可比擬。身體好重，呼吸也愈來愈困難，意識逐漸遠離。

「這下妳了解了吧。」

艾蓮如此說道，輕輕嘆了口氣。結果加在十香全身的重力像虛假般煙消雲散，原本氧氣快枯

竭的肺部流進空氣，導致她連續輕咳。

「咳、咳……！」

「我的隨意領域精密度是全巫師中最高，請記住抵抗是沒有意義的。」

「咕……」

十香十分憤恨地瞪著艾蓮，再次將力量集中在手中。不過那一瞬間，她發現艾蓮的眼神又轉為銳利，只好緊咬牙齒。

對如今被封印靈力的十香來說，沒有任何方法對抗艾蓮的隨意領域。十香非常氣憤地握緊拳頭，只能做最小的抵抗，以銳利的眼神瞪視艾蓮。

「——好了，接下來讓我問妳幾個問題。」

艾蓮拉出牆壁的一部分做成簡易的椅子後，坐著對十香這麼說。

◇

一開始映入折紙眼簾的，是一片白色。

在類似將沒入混濁水底的意識拉上來的感覺後，折紙了解那是建材的一種，接著才總算明白自己是躺著的狀態。

「啊……」

她震動喉嚨，能發出聲音是過好幾秒以後的事了。她慢慢舉起手臂——發現那裡也是一片白。手上纏滿繃帶，幾乎看不見皮膚。

「折……折紙前輩……！」

鼓膜傳來熟悉的聲音，折紙轉過頭。

發現她躺著的床旁邊有一位綁著雙馬尾的嬌小少女。那是自衛隊對抗精靈部隊（Anti Spirit Team）——AST的後輩岡峰美紀惠。她的臉龐裝點了眼淚和鼻水，看起來慘不忍睹。

「太……太好惹……要是妳就醬昏迷噗醒，偶真不豬道該怎辦……」

「……這裡是？」

看著美紀惠的模樣，折紙鎮定地出聲。哭紅了鼻子的美紀惠抽起放在附近的面紙，「哼！」地擤完鼻涕後回答：

「醫……醫院！折紙前輩全身都受傷了……而且從眼睛、鼻子、耳朵流出血來……我……我還以為妳不會醒惹……」

最後幾個字又變成鼻音，美紀惠再次抽了面紙擤鼻涕。

「對不起……對不起……！我明知道折紙前輩有危險，卻什麼忙都幫不上……當時我應該不顧隊長的阻止立刻趕去妳身邊，事情就不會落到這種地步……！」

美紀惠皺著一張臉後悔地說。不過，折紙搖搖頭否定她的話。

「妳沒必要道歉。」

「咦……？」

美紀惠不可置信地瞪大雙眼。

「不管原因為何，我的行動完全違反了命令。說到底，這並非ＡＳＴ全體隊員的意思，而是必須當作一名隊員執意抗命來處理——日下部上尉在哪裡？」

「呃……這個嘛……她在基地。她說要跟上層討論折紙前輩的事……」

「這樣啊。」

折紙默默點頭。然而美紀惠似乎到現在還無法接受，眉頭深鎖。

「可……可是，這樣的話，折紙前輩還是會……」

「日下部上尉的判斷很正確。要是當時趕來救我，恐怕ＡＳＴ全體隊員都必須遭到懲處。」

「怎……怎麼這樣！」

「這並非不可能發生。所以，這次的事是我的責任。擅自使用〈White Lycoris〉還有突襲第三戰鬥分隊，全部都是我——」

說到這兒，折紙自己的話令原本模糊的記憶一下子鮮明起來。

「…………！」

她立刻睜大雙眼，從床上坐起。

不——正確來說，是她試圖想從床上坐起。全身使力的瞬間，骨頭鬆散，一陣像是肌肉撕裂的痛楚朝她襲來。

「咕……嗚——」

「折紙前輩，不……不能起來！妳必須靜養才行！」

「……士道呢？」

「咦？」

「士道他……平安無事嗎？」

折紙一說完，美紀惠便露出突然想起什麼事的表情，維持了一段沉默。

像是在思考究竟該不該告訴折紙，美紀惠低聲沉吟之後，輕輕張開雙唇說：

「……現在正在調查，不清楚詳細情形。」

「這是什麼意思？」

聽見美紀惠這麼說，折紙皺起眉頭反問。

美紀惠擔心似的看了折紙一眼後，戰戰兢兢地拿起搖控器打開電視。螢幕立刻顯示出影像，而聲音也從擴音器流瀉而出。

電視正在播放的似乎是新聞節目。街道的畫面與播報員驚慌的聲音，挑起觀眾的緊張感。

「突然在天宮市爆發的大規模暴動，如今仍不見平息的模樣！連前去鎮壓的警官也加入暴動的行列，情況十分異常！記者所在的天宮市究竟發生了什麼事——！」

折紙維持躺在床上的姿勢看著這個節目，表情染上顫慄之色。

「……！這是……」

「跟妳看到的一樣……現在天宮市正發生大暴動。這裡離市中心有一段距離，所以總算是平安無事……」

「到底發生什麼事了？」

「雖然還沒有公布消息……不過，是精靈搞的鬼。從天宮廣場偵測到強大的靈波反應，恐怕所有人都被精靈操控了。」

「既然是精靈……為什麼妳們沒有出動？」

「這種事態還是第一次遇到，高層似乎也慌了手腳……下令要我們待命。其實我本來也必須待在基地，不過得到隊長特別允許……」

折紙微微皺眉，不過這或許也是無可奈何的事。

畢竟目測有數千……情況糟的話，搞不好有數萬人都被精靈操縱。就算高層再怎麼對DEM的暴行睜一隻眼閉一隻眼，就自己的責任也很難不顧市民的生命危險，命令她們展開攻擊吧。

不過如此一來，士道現在的處境究竟是如何呢？會像剛才電視播放的群眾一樣，被精靈操控了嗎？還是……

想到這裡，折紙憶起失去意識前所看見的少女面孔。

「真那——」

沒錯。前ＤＥＭ巫師，同時也是與士道離散多年的妹妹——崇宮真那，當時幫助走投無路的折紙脫離困境，或許她已經將士道從那個地方救出來了。

「真那在哪裡？」

「真那少尉……？啊，沒錯，真是嚇了我一跳！聽說她下落不明好一段時間了……可是當時將昏迷不醒的折紙前輩送回來我們這裡的就是真那少尉！但她好像穿著沒看過的CR-Unit，說了類似『下次見面時，我們或許就是敵人了』這種話，又不知道消失到哪裡去了……！」

美紀惠一臉困惑地回答。

折紙翻找記憶，想起意識朦朧間真那說過的話。她似乎確實有說過那種話。雖然不清楚詳細狀況，但看來她要脫離ＤＥＭ公司的事並非虛假。

「她完全沒提到士道的事？」

「是……是的……很遺憾，沒有。」

「……唔。」

折紙忿忿不平地從喉嚨擠出聲音，這次小心不加諸身體負擔，慢慢坐起上身。然而，討伐兵裝的過度使用與遭受無數次激烈攻擊而變得殘破不堪的身體，即使是這種輕微的動作，依然會引發強烈的呻吟。

「我……」

折紙緊握拳頭，朝床鋪捶下。發出小小的碰撞聲，揚起些許灰塵。

無力感。直到最後，折紙還是保護不了士道。無視規則使用了〈White Lycoris〉，卻還是沒有達到目的。

「士……道……」

折紙呼喚著不知是否平安的戀人名字——顫抖著緊握的拳頭。

◇

時間是晚上九點。士道與狂三站在街燈與民家燈火微微發出亮光的寧靜住宅區。

「對，沒錯。」

「是……這裡嗎？」

在他們眼前的，是經過精緻加工的高聳鐵欄杆與經人細心照料的庭園，還矗立著似乎會出現在童話故事中的西式建築。

士道曾經拜訪過一次的這個場所——正是誘宵美九的住家。

裡面應該沒有任何人吧，窗戶沒有透出燈光，靜謐無聲。

要調查突然現身又離開人界的精靈十分困難。

不過，名為誘宵美九的精靈例外。

畢竟美九至少從好幾個月前開始就在人界上學，而且還以歌手的身分活動。

也就是說——她與其他精靈不同，在這個世界留下自己為數眾多的痕跡。

「好，那我們立刻展開調查吧。」

狂三這麼說著快速舉起右手。

老式手槍隨著她的動作從影子飛到她的手裡。而且她毫不猶豫地扣下扳機，發出尖銳聲響，射飛門鎖。

「喂，狂三！」

「有什麼事嗎？你該不會要我別這麼粗暴吧？」

「呃……也是有啦，不過在這麼安靜的住宅區開槍，搞不好有人會報警耶！」

「警察們現在應該為了處理大暴動，正忙得焦頭爛額吧？」

狂三嘻嘻笑著，「嘰——」一聲打開發出沉重聲響的門，依舊無視士道的制止，像剛才一樣用影子子彈射穿玄關的鎖。

狂三完成任務後隨即放開手槍，於是手槍再次被影子吞沒。

「啊啊……真是的！」

士道胡亂搔了搔頭，左右張望確認四周沒有人之後，隨著狂三進入屋內。

「我想想，好像是在這附近……」

士道在黑暗中摸索著找到開關按下，水晶吊燈亮起柔和的燈光。

放眼望去，這空間全都占滿了看似高價的家具和建材。士道雖曾造訪過一次，但還是被這情景所震懾。

然而，現在可不是為了這種事僵在原地的時候了。士道輕拍臉頰振作起精神後，脫下鞋子進入室內。

「好了，那麼，要調查哪裡呢？」

「嗯……我想想。」

老實說，並沒有明確的目標。本來想將屋內從頭到尾調查一遍，不過現在沒這種閒工夫。士道在腦海中回想起以前被邀請到這個家的事。

「一樓的客廳沒什麼重要的東西。要說有東西可調查，應該就屬美九的寢室了……吧。」

「這樣呀，那我們走吧。」

「好。」

士道答應，隨狂三爬上樓梯。

馬上就找到美九的寢室了。來到二樓，沿著走廊一直走，可以看到掛著「BEDROOM」牌子的門扉。

「…………」

趁房子主人不在時進入女生房間這種違背道德的事，讓士道感到有些緊張，但馬上念頭一轉，心想「都什麼時候了，我在胡思亂想什麼，這個笨蛋！」接著旋轉門把。

房間大小大約十坪，裡面擺著一張KING SIZE的天篷床，沿著牆壁則放了木製衣櫥和櫃子。床的正面設有少說應該有八十吋的大電視，簡直就像飯店的房間。

「這可更是……驚人呢。」

士道不禁苦笑，但現在不是光感到驚訝的時候。士道還是姑且說了一聲「打擾了」之後，踏進房內。

他依序打開像是排放在古董店裡的櫃子，探查裡面的東西。裡面放的是一些小飾品或可愛的小東西——這種東西是否可以歸類為狂三想要的「美九的私人用品」呢？

然後——

「士道、士道，快過來看！」

士道一臉認真地思考著，背後卻傳來狂三的叫喚聲。

「什麼事？找到什麼東西了嗎？」

「是呀，找到非常厲害的東西囉。」

狂三說完指著衣櫥裡的抽屜。

士道走到那裡，往狂三所指的方面一看。他看到某樣東西，好一陣子身體都僵硬不動。

「什麼……！」

因為那個抽屜裡塞滿了可愛的胸罩和內褲等貼身衣物。

「你看，好驚人的尺寸呀。都快遮住我的臉了。」

狂三說著拿起一件淡色胸罩，用雙手攤開給士道看。原來如此，的確是非常驚人的大小，搞不好可以塞下小玉西瓜。

士道也是個男生，不可能對這種魅惑的品項不感興趣，不過現在另當別論。即使他滿臉通紅，還是清咳了一下。

「妳……妳在幹什麼啦……現在不是胡鬧的時候吧。」

「呵呵呵，士道還真是認真呢。要稍微放鬆一下才行喲。」

狂三說笑似的嘻嘻笑著，將手裡拿的胸罩放在自己胸前一比。明明加上了衣服的厚度，卻似乎還留有一些空間。

「哎呀、哎呀。」

「……唔。」

……該怎麼說呢，對於這奇妙的組合，士道覺得自己的臉自然而然熱了起來，急急忙忙轉移視線。然而，這樣的想法似乎被狂三看穿了。狂三覺得士道的反應很有趣，故意把手中的胸罩遞給他。

「拿去，士道要不要也穿穿看？」

「什……什麼！為……為什麼我要……」

「啊啊，是我失禮了，士織要不要也穿穿看呢？」

「……唔！」

士道紅著臉感到非常難為情，同時輕聲發出呻吟。狂三面露詭異的笑容繼續逗弄士道。

「我是看過士織站在舞台上表演的樣子，不過還沒有機會近距離看本尊。很想好好瞧瞧你一次呢。」

「別……別鬧我了啦！我可不想再扮女裝了……！」

士道不禁往後退，但狂三像是要補足那段距離般猛然靠過來。

「我不懂你為什麼要這麼抗拒呢？又不會少一塊肉。」

「會！少慘了！時間跟我的尊嚴會少！」

「不要說這麼無情的話嘛，一下下就好。只要讓我看一次那可愛到不行的士織因恥辱而全身顫抖的模樣……」
「妳打算幹什麼！不要對士織做奇怪的事！」
「有什麼關係嘛，有什麼關係嘛。」
就在狂三這麼說著再次逼近士道時，她絆到鋪在地板上的厚地毯，身體突然失去平衡，往前方倒下。
「——哎呀！」
「唔……唔哇！」
狂三剛好往士道這裡撲過來，兩人當場一起跌倒。而且更慘的是還撞上後方的櫃子。
「砰噹匡啷」傳來一陣巨大聲響，劇痛朝士道的後腦杓與背部襲捲而來。他維持仰躺的姿勢皺起眉頭。
「好痛痛痛痛……妳……妳沒事吧？狂三？」
「嗯，我沒事，你救了我。」
狂三說完，像是要將身體靠在士道胸口一樣趴過去並妖豔地笑著，往士道身上加諸不必要的重量。被狂三纖細卻柔軟的身軀壓著，士道抖了一下肩膀。
「喂……喂，狂三……」
「哎呀，士道。」

狂三突然揚起眉毛，直盯著士道的臉瞧。

「你受傷了呢。」

「咦？啊，真的耶。」

聽狂三這麼一說，士道摸了摸臉頰，發現有一道小小的傷口。往指尖一看，上面沾了些許血跡。

看樣子，是跌倒的時候被什麼東西劃傷了吧。

「不過沒關係啦，這點小傷。塗塗口水就會好了。」

「哦……是這樣嗎？」

「是啊，倒是妳，快點起來啦。」

士道本想再次坐起上身，狂三卻不知為何更加使勁阻止他的動作。

「狂三？」

「稍微乖乖別動。」

狂三把腳張開，跨坐在士道身上，隨即用雙手壓住他的肩膀，慢慢將臉湊向他。

「妳……妳這是在幹什麼？狂三！」

對於士道的吶喊，狂三回以呵呵微笑。輕微的氣息搔著士道的耳朵和鼻腔，令他心臟狂跳。

他緊張得身體僵硬，狂三便慢慢打開她那看似柔軟的雙唇，伸出濕潤的舌尖。

就這樣在士道臉頰的傷口上舔了一下。一股無可言喻的感覺蔓延全身，令士道的意識閃爍。

「妳……妳妳妳妳幹什麼……！」

「呵呵呵，因為塗了口水就會好不是嗎？」

「不、不是啦，那只是一種比喻……」

儘管士道這麼說，狂三還是微微一笑，再次舔了他的臉頰一下才終於肯離開他的臉。她的舌尖與士道的臉頰之間有一條唾液絲線閃爍著。看到這十分猥褻的畫面，士道又感覺自己的臉頰開始發熱。

狂三笑著從士道的身上移開。士道調整狂亂的呼吸後，感嘆一聲坐起身來。

他看向後方，果不其然，櫃子的門凹了一個大窟窿。這下不賠也不行了吧。

「真糟糕啊，本來想盡可能不留下痕跡的……」

這時──

「嗯……？」

可能是因為剛才的衝擊才從櫃子上掉下來的，士道發現一個剛剛翻找時沒發現的四方形罐子，微微挑了眉毛。

那是個常常被人拿來放餅乾，類似餅乾罐的容器。確實常被用來裝一些小東西，不過跟這個奢華的空間不太搭。

「這是……」

士道覺得奇怪，打開罐子一看——睜大了雙眼。

裡面放的是幾張類似ＣＤ唱片的塑膠盒，上面全印了美九的身影。看來是美九發過的唱片。

「她出過這麼多歌曲啊……咦？奇怪？」

盯著ＣＤ直看的士道不禁歪了歪頭。

寫在歌名下面的名字並不是美九。

「『宵待月乃』？這名字是怎麼回事？」

一瞬間還以為這是美九使用的藝名，但殿町他們都很尋常地叫美九為誘宵美九。以美九名義出席音樂活動一事應該不會有錯。

況且，美九應該是只現身於女性粉絲才能參加的祕密演唱會的神祕偶像。這還是第一次聽到她這麼大方地出現在ＣＤ封面上。

「這是怎麼回事……？」

「怎麼了嗎？」

「嗯，是啊……」

士道含糊地點點頭，從盒子裡拿出ＣＤ，放進旁邊的組合音響播放。隨著輕快的可愛曲調流瀉出美九的聲音。

「哎呀哎呀，好可愛的歌曲呀。」

狂三說著以指尖輕輕數著節拍。

不過，士道覺得這個聲音不太對勁。

「這是美九的聲音……沒錯吧？」

當然現場演唱跟CD會有差……但最先感覺到的，是唱片中美九的聲音更年輕，不像現在的她有著撼動整個腦幹的詭譎魅力。

不過相反的，這首歌洋溢著拚命努力的熱情，擁有振奮聽者精神的不可思議魅力。

「唔……」

雖然感到疑惑，但也說不上來是什麼。士道依序看著罐子裡放著的CD封面——

「咦？這是……」

在罐子的最深處，他發現了某樣東西。

「照片……？」

沒錯，裝飾美麗的相框裡擺著一張照片。

照片本身並沒有什麼奇特之處，不過……

「……咦？」

掠過腦海的奇妙感覺讓士道睜大了雙眼。

不對勁——有什麼地方不對勁。

士道再次拿起照片，直盯著照片上的影像。

照片背面並沒有記載重要的情報，照片本身也沒有經過特殊加工。是一張極為平常的照片。

不過仔細思考，這張照片不可能存在於這個世上。

「難不成……這是……」

士道緊蹙眉頭，沉吟般自言自語。

他將手放在額頭上，不停轉動腦袋思考——最後推斷出某種可能性。

那是一度遭到琴里否定的可能性。然而，如果士道猜想的沒錯，就能說明為什麼會有這種照片——以及剛才那樣的CD存在。

「不過，如果真如我所想的，那麼為什麼……」

士道說完猛盯著照片瞧，結果從旁伸來一隻白皙的手，抽走士道手中的照片。犯人連想都不用想，就是狂三。

「你找到的東西似乎很有趣呢，借我一下。」

狂三將照片和留下來的一片CD疊在一起，用一隻手拿著，迅速舉起空無一物的另一隻手。

接著，老式手槍便從她的影子飛到她的手中。

「〈刻刻帝(Zaphkiel)〉——【十之彈(Yud)】！」

狂三說完，影子的一部分便閃耀著「X」圖形，影子像是從那裡漏出來一般逐漸擴散，接著被吸進手槍的槍口中。

狂三這麼做完，不知為何將照片和ＣＤ放在側頭部，然後把手槍抵在上面，彷彿想用照片和ＣＤ擋住子彈一般。

士道對她奇怪的舉動歪頭表示不解，下一瞬間她便毫不猶豫地扣下扳機。從槍口發出的【十之彈】貫穿照片和ＣＤ，射進狂三的腦袋。

「狂……狂三！」

士道驚叫，但立刻便發現異狀。別說是狂三的腦袋了，連本應遭子彈貫穿的照片和ＣＤ也都毫髮無傷。

「呵呵呵，不要緊喲。【十之彈】的力量是回顧，是能將射穿的對象擁有的過去記憶傳到我腦中的子彈。」

「過去的……記憶？」

狂三點頭回答「沒錯」，望著照片和ＣＤ揚起嘴角。

「原來如此──是這麼回事呀。雖然斷斷續續，不過我知道你為什麼會覺得她不對勁了。」

「妳……妳知道什麼了嗎？」

「是的，看來美九她──」

狂三話還沒說完，此時──

才剛覺得窗戶的玻璃輕微震動，下一秒馬上就從外面傳來巨響。

「警……警報……！」

士道驚嚇得張大雙眼，但隨即發現那並不是聽過好幾次的尖銳警報聲。

——是音樂。

宛如巨大管風琴彈奏出的莊嚴樂音，與能虜獲聽者心神的天籟美聲所交織而出的歌曲，開始響徹整個街道。

聽到那歌聲的瞬間，曾經歷過的暈眩感朝士道襲來。他按住太陽穴，勉強保持意識清醒。

「這是——美九的……！」

沒錯。那正是精靈誘宵美九與她的天使〈破軍歌姬〉演出的至高演奏。

然而，即使朝窗外看去，也絲毫沒瞧見那巨大天使的身影。恐怕是占領了遇到緊急事態會播放警報的公共擴音器……不然就是利用街頭宣傳車之類的在街上跑吧。已經可以確定美九的演奏即使透過機器也有效果，這下子附近居民應該也會成為美九的狂熱信徒，開始追捕士道。

「……！」

士道連忙看向狂三。不過——狂三跟士道一樣，即使聽見美九的演奏，似乎也沒被她的聲音奪去心神。

話雖如此，情況無庸置疑地愈來愈往壞的方向發展。也許是因為至今還未找出士道而開始焦急的美九，開始積極擴展自己的支配領域。

「哎呀哎呀，場面搞得可真盛大呀。」

狂三露出覺得很可笑卻又帶點不悅的神情，用手指抵著下巴。

「沒辦法了，剩下的我們路上再說吧。」

不過——狂三又繼續說道：

「我終究只是個幫手，要什麼場子我都盡量準備給你，但扳機就得由你自己扣下了。」

「咦……？」

士道雙眼睜得老大——不過馬上就察覺狂三的意圖，緊緊握住拳頭。

「幫幫我吧，狂三——去跟那個耍任性的小孩講道理。」

「非常樂意。」

狂三說完又跟之前一樣拉起裙襬致意。

「————————————！」

天宮廣場的中央舞台上，現在正陷入狂熱的狀態。

因為舞台正中央聳立著散發出淡淡光芒的巨大管風琴——〈破軍歌姬〉，而在那前方，穿著靈裝的美九正一邊以手指遊走在閃閃發光的鍵盤上一邊唱著歌。對於化為美九瘋狂粉絲的觀眾們而言，這情景幾乎接近神在傳達旨意，似乎也有好幾名觀眾因過於激動而昏厥過去。

由於男人們全被趕出會場擔任警備工作，聚集在美九視野中的觀眾清一色都是女孩。所有人一同揮舞著紫色螢光棒，對美九的一舉手一投足都給予歡呼尖叫。

順帶一提，現在的演奏正同時透過所有設置在街上的擴音器播放。如此一來，聽到這首歌曲的人便會成為美九新的尖兵，開始尋找那個可恨的男人。

「……唔！」

幾小時前發生的不愉快掠過腦海，美九不禁屏住呼吸。

正好此時演奏結束，震耳欲聾的掌聲包圍整個會場。

照理來說，平常這瞬間美九會被最佳的成就感與充實感圍繞，現在卻因為剛才閃過腦海的男人面孔害得她心情變差。她露出失落的表情，嘴巴靠近到目前為止都沒用過的麥克風。

「……我累了，要稍微休息一下～～再次開唱前各位就隨意做自己的事吧～～」

美九一說完，會場內便發出惋惜的聲音。但美九一點也不介懷，轉身回到舞台側邊。

「呼……」

為了擴大支配領域連續演奏天使，實在有點累了。美九輕輕吐了一口氣，撩起被汗水濡濕的頭髮。

「您……您辛苦了……姊姊大人。那個，如果您不介意……請用這個……」

有一道戰戰兢兢的聲音向美九如此說道。往聲音的來源一看，那裡站著一名穿著女僕裝的嬌小少女，遞出毛巾給美九。

那是被今天美九的演奏所迷惑的少女——四糸乃。

捲度和緩的頭髮，加上藍寶石般的美麗眼眸。是個讓人不禁想抱緊她，宛如娃娃的女孩子。由於販賣部門女僕咖啡店的制服還有剩，美九下令要她換上……但這簡直適合到犯規的地步呀！

美九忍不住緊緊抱住她。

「啊～～真是可愛死了！讓人受不了！受不了呀！」

「呀、呀……！姊姊大人……？」

「哇喔～～美九真是的，意外地大、膽～～！」

四糸乃嚇得慌了手腳，戴在她右手上的兔子手偶「四糸奈」發出尖叫聲。

一開始美九還想說為什麼她要戴著手偶……不過問起原因，這似乎是四糸乃獨一無二的好朋友，而且說腹語的四糸乃莫名可愛，就隨她去了。

美九享受四糸乃的觸感一會兒後，在她臉頰上親了一下，然後移開身體。四糸乃的臉瞬間變得紅通通。

「謝謝妳，四糸乃。妳是特地在等我吧～～」

「那、那個……是、是的！」

四糸乃像是要隱藏紅得像酸漿似的臉龐而低著頭，同時遞出右手抓著的毛巾。

美九一邊道謝一邊收下毛巾，擦拭額頭的汗水。不過，剛才緊緊抱住四糸乃時就已經擦掉大半汗水就是了。

美九重新往下看著四糸乃，露出滿足的微笑。

這個四糸乃並不只是個可愛的少女。

操縱水與冷氣的精靈——〈隱居者〉，這就是四糸乃的識別名。

精靈。沒錯，是跟美九一樣能充分發揮超越人類智慧力量的存在。

「呵呵……我真的很幸運呢～～沒想到那個會場裡會有精靈～～」

是的，四糸乃會聽到美九的歌聲，完全是出於偶然。

沒想到竟然能這麼快讓精靈成為自己的東西，而且——

「呵呵，汝一定累了吧，姊姊大人。慢慢休息便可。」

「誘導。請往這邊走，姊姊大人。」

美九轉過頭，那裡站著同樣穿著女僕裝的兩名少女。

瞬間還懷疑那裡立著一面鏡子般，兩名少女的面容極為相似。不過再仔細一瞧，會發現雙方各有各的特色。

像演戲般誇張的舉止與看似好勝的表情，加上纖細的身體曲線充滿魅力的少女——耶俱矢；一臉呆滯表情與充滿特色的語氣，還有以直逼美九的優異勻稱比例為傲的少女——夕弦。

她們兩人與美九、四糸乃一樣，同為被稱為精靈的存在。

不用說，兩人都處於心醉於美九的狀態。現在也像要慰勞美九的辛勞，在休息室準備了椅子和飲料。

「呵呵，謝謝妳們～～」

美九溫柔地微笑，就被兩人催促著坐上椅子。同時耶俱矢開始溫柔地按摩美九的肩膀，夕弦則是跪在美九身旁，遞上裝著飲料的玻璃杯。

「嗯嗯，好好喝喲～～」

美九只轉頭面向那裡，用吸管喝飲料。水果的甜味和酸味在口中蔓延開來。

「過獎。是我無上的光榮。」

「等……等一下！為何只理會夕弦？汝意指吾的技巧無法讓汝滿足嗎？」

按摩美九肩膀的耶俱矢大聲抗議。美九覺得這樣的耶俱矢很可愛，不自覺地笑了出來。

「不好意思，並不是這樣～～耶俱矢的按摩非常舒服喲～～簡直是天堂。」

「呵、呵呵……是嗎？那就好。」

美九說完，耶俱矢便含糊地回應，停止抱怨。那樣子實在很可愛，美九又露出笑容。

也許是覺得再這樣下去，美九會被八舞姊妹搶走，只見四糸乃慌慌張張看向四周，拿起附近的大圓扇，緩緩朝美九送風。

「謝謝妳，四糸乃。非常舒服喲。」

「那、那個……這個，是……是的……！」

四糸乃看似非常不好意思，卻又很開心地點點頭。

「啊啊……」

美九發出恍惚的聲音。

——這是多麼幸福的空間呀。

在只屬於美九的舞台上，有著殷切期盼美九歌聲的女孩子們，還有全心照顧美九的絕世美少女們。

實在太美妙了，美妙得甚至讓人懷疑這是不是夢。實際上，美九剛剛就捏了兩三次自己的臉頰。當然，全都會痛。

這裡是烏托邦，沒有任何妨礙美九的人。

不過——

「…………咕！」

再次掠過腦海的不愉快記憶，令美九皺起眉頭。

——五河士織。她想起了這個名字和長相。

「我不會原諒你的……士織……」

聲音與吐息中摻雜著內心深沉黏膩的憎惡，美九呻吟般喃喃說道。那般非比尋常的魄力令四糸乃與八舞姊妹瞬間感到驚嚇，屏住了呼吸。

在天央祭開幕的數星期前，美九遇見了身為來禪高中執行委員的她——士織。

似乎參加了排球社，是一名身材高眺，手臂也很健壯的少女。而且，以女孩子而言，她說話的語氣比較粗魯，這一點是她的特色……沒錯，由於這類型的少女在美九身邊不太常見，所以她印象非常深刻。

實際上，說真的，美九非常中意她，說是被她吸引了也不為過。

——然而，美九這份渴望的盡頭帶給她的卻是悽慘無比的背叛。

「唔、嘔……」

至今仍可清晰回憶起的最惡劣光景，令美九感到一陣激烈的嘔吐感。她不禁摀住嘴巴。

「姊……姊姊大人……！」

「汝沒事吧，姊姊大人！」

「戰慄。誰去拿袋子過來！」

三人驚慌失措地高聲大喊。「……我沒事……」美九如此回答制止大家，緊緊咬牙作響。

當時觸摸士織下腹部時所感覺到的異樣觸感。

然後美九看見了，在士織兩腿之間的駭人之物。

沒錯……五河士織正是美九在這個世上最厭惡的生物——男人。

「不可饒恕……不可饒恕……！竟敢玩弄我的心……！」

美九像是要抑制住顫抖般抱住肩膀，用力抓著上臂。

誤以為士織是女孩子而做出的種種行為，如同走馬燈逐一浮現腦海，每每都令美九肌膚隆起一粒粒雞皮疙瘩。

已創造出最美妙烏托邦的美九還留有最後的遺憾。她要將五河士織——正確來說是五河士道捉到面前折磨他，讓他後悔生在這個世界，否則她嚥不下這口氣。

「還沒找到……那個男人嗎？」

美九語帶怒氣這麼說，四糸乃於是抖了一下肩膀。

「是、是的……那個，還沒有……接到通知……」

「這樣啊……讓他們繼續找——」

美九正想下達命令時，休息室的門「砰！」的一聲被打開，三名少女穿著和四糸乃她們同樣的女僕裝跑了進來。

「失禮打擾了！姊姊大人！」

「緊急狀況啊！姊姊大人！」

「大事不好了！姊姊大人！」

少女們依照身高順序一一大喊。

她們是原本應該與士道一起做樂團演奏的來禪學生，從右到左的名字好像叫作亞衣、麻衣、美衣。

「怎麼回事～～這麼慌張。」

美九一問，三人瞬間妳看我我看妳，繼續說道：

「不……不好了！找到五河同學了！」

「……妳說什麼？」

美九聽到報告後，視線瞬間變得銳利——

隨即開始從喉嚨深處發出悶笑。

「呵呵……呵呵呵呵呵呵呵呵……這樣嗎？終於找到了呀～～」

她說著慢慢從椅子上起身。

「撐得比想像中還要久嘛。呵呵呵……不過沒用的～～你逃不出我可愛軍團的手掌心——是誰找到的？若是女孩子找到的，我可以特別疼愛她，待會叫她過來房間。若是男人嘛……賞給他一顆金平糖也無妨吧。」

然而，美九這麼說完後，亞衣、麻衣、美衣面露困惑神情面面相覷。

「妳們怎麼了？啊，該不會找到他的是人妖之類的……？」

「不……不是，倒不是那樣……」

「該怎麼說呢，要說是找到他的人太多了……」

「還是該說不知道他躲藏的地方……」

含糊不清的說詞讓美九看似困惑地皺起眉頭。

「妳們在說什麼？不是找到目標了嗎？」

「是……是的。」

「那是不在話下。」

「可說是無庸置疑！」

三人對美九的提問同時點頭稱是。

「那不就沒有問題了嗎～～他在哪裡？」

「呃，這個嘛……就在這附近。」

「應該說，就在天宮廣場的正前方。」

「該……該怎麼辦……」

「……咦？」

美九睜大雙眼，發出瘋狂的尖叫聲。

第七章　雙人攻城戰

時間稍微回溯到數分鐘前。

士道與狂三一同回到了位於天宮市市中心的大型展覽館——天宮廣場附近。

這裡是十所高中聯合舉辦的文化祭——天央祭的舞台，同時也是天宮市發生大暴動的地點。

以及——現在則是精靈誘宵美九的堡壘。

「不愧是本據點，人數不是蓋的……」

士道從天宮廣場附近的大廈屋頂往地上看，輕聲細語說道。這種距離應該不至於會被發現，但也沒必要故意大聲說話。

暗夜中，因燈光照射下而顯得詭異的天宮廣場入口前，滿是為數眾多的人群。

士道察覺有螺旋槳的聲音逐漸靠近，立刻藏身在暗處。

上空飛有寫著電視台名稱的採訪直升機，肯定是來拍攝前所未聞的大暴動畫面吧……恐怕機長、記者等大大小小人員全都聽進了美九的演奏。從剛才起就像是在警戒這一帶一樣，飛行高度異常地低，同時固執地盤旋在天宮廣場周圍。

雖然不知道美九的支配領域究竟擴展到何種地步，不過至少在士道與狂三到達天宮廣場的路上，徘徊著許多聽了美九的演奏而喪失心神的居民們，簡直就像災難驚悚電影的其中一幕。

其實士道不只兩三次快要被找到，要是沒有狂三，士道早就被逮住獻給美九了吧。

「雖然總算來到這裡了……但接下來要怎麼辦？」

士道俯看眼下人山人海的群眾，額頭滲出汗水。

「正門都這個樣子了，想必其他入口也防衛得牢不可破吧。就算想打破天花板潛進裡面，也有直升機在監視……」

「你在說什麼呀？士道，這種事連想都不用想吧。」

士道面有難色地沉吟後，狂三便以一派輕鬆的口吻回答。

「妳有什麼辦法嗎？」

「是呀，當然有。我一定會確實將你送到美九的身邊——當然，之後的事就得靠你自己去耍嘴皮子了。」

「……這種事真的辦得到嗎？」

「哎呀，你不相信我嗎？真是傷心呢，我要哭囉。」

狂三說著惺惺作態地用手捂著臉，發出「嗚哇——」的哭聲。

「喂……喂喂……」

「你要嘛把一隻眼珠給我，要嘛就讓我喝你的血，再不然就摸摸我的頭安慰我，否則我就繼續哭下去囉。」

「…………妳乖乖喔。」

根本沒有選擇的餘地。士道從血色的頭飾上方撫摸狂三的頭，狂三便看似愉快地嘻嘻笑了。

「好，那我們出發吧。再這樣浪費時間，情況只會愈來愈惡化。」

「…………」

士道半瞇著眼直盯著剛剛才浪費大半時間的始作俑者，但如果抱怨可能又會引起麻煩事，就什麼也沒說了。

「……不過，妳到底要怎麼做啊？有那麼多雙眼睛在監視我們……」

「──嘻嘻嘻、嘻嘻，這還不簡單嘛～～」

狂三露出猙獰的笑容，當場猛然起身──同時抱起士道。

「咦──？」

「好了，我們走吧。」

狂三就這樣抱著士道踏上頂樓的最外圍。

然後毫不遲疑地從那裡咻地一躍而下。

「嗚、嗚哇啊啊啊啊啊啊啊啊啊啊啊啊啊──！」

從十層樓高的大樓，超過三十公尺的高度垂直落下。一點也沒有心理準備的士道甚至忘了周圍還有群聚的敵人，忍不住發出淒厲的慘叫聲。

在有如飛天的飄浮感後傳來奇妙的著地觸感。在狂三的腳觸碰到地面的瞬間，地面出現濃密的影子，噗通一聲似乎吸收了降落的衝擊。

「哎呀哎呀，士道真是的。聲音還真大呢。」

狂三看著士道的表情，嘻嘻嗤笑。

「夠……夠了，放我下來……！」

「呵呵呵，要我這樣抱著你也無所謂喲。」

狂三這麼說著將士道放到地上。

下一瞬間，「喀！」好幾道探照燈燈光照射在士道與狂三身上。

不過這也是理所當然。畢竟他們在敵人警備最森嚴的狀態下還發出那麼大的叫聲，等同要別人注意自己這邊嘛。

「糟了……！」

士道重新環顧展開在眼前的情景。

人、人、人，除了人——還是人。

敵方的數量竟然多達數萬。

反觀我方，包含自己在內僅僅兩人。

這是「壓倒性」這個詞彙都不足表達的絕望性戰力差距。

而且所有人都對士道投以像看著殺親仇人的憎惡視線，不管再怎麼鎮定的人都會出汗吧。

「哎，想不到你竟然會故意大叫出聲表示自己的存在，真不愧是士道呢。」

「妳以為是誰害的啊，是誰……！」

士道對說話溫吞的狂三吼叫。

然而，現在並不是吵架的時候。

不知對方是在觀察我方的動靜，還是在等待美九的指示，男人們並沒有朝這裡衝過來，但在這段期間也慢慢形成了包圍網。他們像是要包圍背對大樓牆壁站著的士道與狂三，緩緩聚集成半圓形，而體格壯碩的男人和持槍的警官等人都往前站到第一排。

就在此時——

「——想不到你竟然會特地回到我的城堡，很從容嘛～士織……不對，五河士道……！」

這道聲音響徹整個天宮廣場前。雖然是透過擴音器，但這無庸置疑就是誘宵美九的聲音。看來士道他們現身的消息已經傳入她的耳中。

「美九……！」

士道不禁喚出她的名字，不過他的聲音不可能傳到廣場內部。美九維持相同的音調繼續說：

「我是不知道你有什麼打算啦～～但事已至此，你無路可逃囉～～好了，各位，把他給我抓起來，稍微弄痛他也沒關係～～但盡可能好好對待他喲——不然我出手的次數就得減少了～～」

她留下冷得透心徹骨的聲音後，「噗滋」一聲切斷了聲音。

取而代之響起的，是充斥於士道視野中的美九信徒們所發出近乎天搖地動般的巨大聲響。

「嗚喔喔喔喔喔喔喔喔喔喔喔喔喔喔喔喔喔喔喔喔喔喔喔喔喔喔喔喔喔喔喔喔——！」

「嗚、嗚哇……！」

制約信徒們的枷鎖被解開後，信徒們以有如雪崩的氣勢排山倒海一起朝士道與狂三衝過來。

勉強保持堅定的士道，瞬間也為這磅礡的魄力感到懼怕。

「狂……狂三！這樣下去就完蛋了！我們快逃！」

然而，狂三悠然站在原地，不打算移動腳步。

冷靜下來一想，她這麼做也無可厚非。畢竟現在士道他們被難以數計的敵軍完全包圍，根本無路可逃！

「咕……！」

萬事休矣。最前方的男人伸出手往被逼到牆邊的士道脖子靠近——

他的手碰到士道之前，雙腳像是被吸進地面一般跪了下去。

「咦……？」

士道發出疑惑的聲音——立刻壓住自己的膝蓋。

原因很簡單。在逼近眼前的男人頽然倒地時，一陣無可比擬的強大倦怠感侵襲士道的身體。

「這……這是……」

士道在腹部用力，好不容易將姿勢調整回原來的模樣，並且從喉嚨擠出聲音。

看向周圍，發現原本包圍士道兩人的男人們全都當場倒地痛苦地呻吟。

附近一帶的地面上儘管探照燈的燈火煇煌，依舊盤踞著陰暗的漆黑色彩。

他記得這種感覺。沒錯，士道在距今大約三個月前——狂三上高中時，曾經體驗過那麼一次這種異常現象。

「〈食時之城〉……！」

「——嘻嘻、嘻嘻嘻！觀察得真仔細。虧你還記得呢，士道。」

狂三彎起嘴角一笑，面向士道。顯示出金色錶盤的左眼上，時鐘的指針逆時針高速旋轉。

〈食時之城〉——這是必須消耗自己的「時間」使用天使能力的狂三，從外部補充「時間」的手段。使踏入自己影子的人類陷入昏睡狀態，從中吸取「時間」——也就是壽命。

「要將影子擴展到這麼大的範圍果然有點辛苦呢，呵呵呵，不過很少有這種機會能吸取這麼多人的『時間』，就讓我好好有效運用吧。」

「狂三，妳用這麼危險的……！」

「哎呀哎呀，所以你的意思是說，就這麼被抓走比較好囉？」

「咕……」

士道看似痛苦地咬了咬牙，踏出腳步。

「要拿捏好……分寸喔……！」

「好的、好的，我了解的。人數很多，能力運轉得很快，不過從每個人身上得到的時間都是小數目。只要從現在開始努力養生，夠他們活的了。」

「…………」

現在只能相信她說的話了。士道拖著沉重的腳步，穿過一個個倒地的信徒走了出去。

「那……那是什麼啊……！」

美九在天宮廣場的管理室看著好幾個並排在牆上的螢幕，對眼前難以置信的光景大叫。

現在螢幕上顯示出來的，是設置在屋外的監視器畫面。沒錯，美九原本想在這個頭等席由可愛的精靈們服侍，觀賞那個可恨的男人被抓起來的模樣。

然而，隨著美九一聲令下，當信徒們逼近士道的瞬間，所有人都一起當場倒下。接著，士道與穿著洋裝的少女在沒有任何妨礙者的通道上，朝這裡悠悠走來。

「那個女孩子……莫非，她也是精靈……？」

美九瞇細雙眼，看著映在螢幕上的少女。

照情況看來，只能這麼想。那個男人——士道一定料想到這種情況，故意留下另一名精靈。

多麼陰險的手段呀！美九忿忿地緊握拳頭。

「而且似乎沒因我的演奏喪失心神……哼，真麻煩呢～」

既然會來到這種地方，就代表她肯定也聽過美九的演奏，然而卻不見她臣服於美九的樣子。

雖然對方是精靈，但能虜獲四糸乃和八舞姊妹，表示美九的聲音和演奏應該不會沒有效果……難道她也和士道擁有同樣的能力嗎？

不過在美九這樣不斷思考的同時，士道和神祕少女也逐漸朝天宮廣場走近。照這樣下去，應該馬上就會到達美九的所在地。

——為了封印美九的靈力。

「……咕，怎麼能……讓你得逞……」

美九緊握的拳頭微微顫抖著，發出像是好不容易擠出的聲音。

沒錯，美九絕對不可能讓對方從自己身上奪走靈力。

——因為要是失去這份力量、這個「聲音」——

「我……又會回到『那個時候』……！」

美九用力搖搖頭，倏地從椅子上起身。正在按摩美九肩膀的耶俱矢像是被嚇到般睜大雙眼。

「姊……姊姊大人？汝怎麼了嗎？」

「我現在要馬上回到舞台！跟我來——演奏要再次開始了！」

「唔咕……」

看來人類要穿過倒得東倒西歪、互相交疊的人肉平原，似乎意外地頗耗費精神。士道一邊對抗偶爾侵襲而來的嘔吐感，一邊追著前方踏著舞步般輕快腳步的狂三背影。

雖然再怎麼客氣也很難說這是條好走的路，但積極妨礙自己的人一個也沒有。士道與狂三不久便來到中央舞台的入口。

「好了，士道。」

「喔……！」

士道對狂三的催促聲回以頷首，一口氣推開了門。

「……！」

中央舞台同樣包圍著異樣的氣氛。雖然觀眾席滿滿都是少女們——但這裡也被狂三的影子侵蝕了嗎？只見全部的人都無力地蜷縮著。

然後，在最裡面的舞台上……

她就在那裡。

背對管風琴狀的巨大天使，少女身著耀眼奪目的靈裝悠然站著。

誘宵美九。操控聲音的精靈——同時也是統御這個地方的主人。

她的身旁可以看見讓限定靈裝顯現在女僕裝上，手持各個天使的四糸乃與八舞姊妹的身影。

「美九！」

士道叫喚名字的同時，美九深深嘆了一口氣。

「那是什麼聲音呀～～可以不要用那麼骯髒的聲音汙染我和我的精靈們的鼓膜嗎？真是個令人不愉快的人呢～～已經超越沒價值，是個禍害呢～～醜陋得即使粉身碎骨、回歸塵土，也無法孕育出新生命，在那片土地撒下永遠不會消失的詛咒～～可以請你閉嘴嗎？行動穢物～～」

「……唔！」

聽到美九用拖長尾音的語氣說出的惡毒辱罵，士道不禁顰眉。

但現在可沒辦法因為這種事就卻步，士道再次揚起聲音大聲說道：

「美九！聽我說！我現在必須去救十香——就是當時被擄走的女孩！所以——」

「我不是叫你……閉嘴嗎————！」

美九怒吼，一口氣展開原本交抱的雙手。

宛如循著手的軌跡，天空中出現了光芒閃耀的鍵盤。

「〈破軍歌姬〉——【進行曲(March)】！」

接著，她的雙手手指激烈地在鍵盤上遊走。

會場中因此響徹令人振奮精神、力量泉湧的壯闊歌曲。

剎那間——觀眾席上全身無力的少女們彷彿被操偶師拉起繩子般，當場猛然起身。

「這……這是……」

士道立刻看向狂三，但她左眼的時鐘依舊逆時針轉個不停。看來她並沒有解除〈食時之城〉。像是要表示不是她幹的，狂三也看似驚訝地說著「哎呀哎呀」並睜大雙眼。

「真是令人驚訝呢。區區一介人類，踏到我的影子竟然還能動。」

「呵呵呵呵！如何呀～～很厲害吧？我的〈破軍歌姬〉擁有的力量，可不只有虜獲人心這一項喲～～」

美九露出彷彿已經勝利的得意笑容，更加激烈地演奏。

「好了——我已經不會再說出『抓住他』這種悠哉的話了。我可愛的女孩兒們！在我面前！殺了那個男人！」

隨著美九的聲音，觀眾席上約數千人的少女們一齊轉頭面向士道兩人。

「咕……！」

士道身體僵硬，皺起眉頭。

——然而，搶在那些少女們攻擊士道兩人之前……

「嘻嘻嘻，不行～～喲。這點雕蟲小技就以為能贏過我們。」

狂三才剛彎起新月形狀的唇瓣，影子就已經將整個會場塗得一片漆黑。

「因為不管再怎麼強化那些少女——都敵不過『我們』。」

「什……！」

舞台上響起美九慌張的聲音。不過，這也難怪。

因為在天宮廣場中央舞台，所有因美九的聲音而受到控制的領域，突然冒出好幾個狂三，限制住觀眾席少女們的手、腳以及身體。

「——！」

不僅美九，連士道也因為這幅異樣的光景瞬間啞然失色。雖然不是第一次看見狂三的分身出現……但當時是在校舍頂樓，並沒有一次爬出這麼多數量。

不過，士道馬上想起了一件事並看向狂三。

「狂三！」

「我知道，我不會殺了她們。」

在士道說話之前，狂三早一步察覺他的意圖，唉嘆著搖了搖頭。

「這……這是什麼呀！到底是什麼……！」

彷彿要回應美九尖銳的驚叫，從會場的地板、牆壁及座位「生出來」的好幾個狂三一起嘻嘻嗤笑，各方位都傳來詭異的笑聲。這幅情景簡直就像腦子不正常的畫家所畫出的繪畫一樣，充滿了不協調與荒謬。

然而，要說這樣就壓制住美九陣營的所有人——絕對並非如此。

「〈颶風騎士〉（Raphael）——【穿刺者】（El Re'em）！」

「呼應。〈颶風騎士〉——【束縛者】（El Nahash）。」

這種聲音才剛從上空傳來，暴風便同時隨著轟然巨響吹襲而來。

「咕啊……！」

士道輕易就被壓倒性的風壓吹飛，撞上會場的牆壁。

可是——不可思議的是，幾乎完全不會痛。那是當然，因為狂三的分身從牆壁探出上半身，溫柔地抱住士道被吹飛的身體。

「抱……抱歉，狂三……這麼叫可以吧？」

「呵呵呵，請不要在意。在我們『享用』你之前，可得請你好好保持乾淨的身軀呢。」

「……這……這樣啊。」

雖然心情有點複雜，但現在不是思索這種事的時候。士道靠自己的腳在地上站好，同時仰望

從舞台上飛向空中的兩名少女。

「耶俱矢、夕弦……！」

在女僕裝上顯現出拘束服樣貌的靈裝、背上顯現出單翼的雙胞胎精靈俯視士道，各別拿著巨大長矛和靈擺。就算是狂三的分身，似乎也沒辦法制服顯現天使的精靈。

「汝受不夠教訓又來啦！咕，竟然用這種詭異的手段！想加害姊姊大人的人，無論是誰吾都絕不饒恕！若不想受煉獄之火灼燒，速速離去！」

「警告。這是最後通牒。請你馬上消失。士道，如果你再繼續刀鋒相向，就別怪我不得不動真本事剷除你。」

耶俱矢和夕弦靜止在空中，對士道投以銳利的視線。不是開玩笑也不是惡作劇，兩人的視線簡直像具有質量朝這裡刺過來一般，含有明確的敵意。

「我不會讓你碰姊……姊姊大人……一根汗毛……！」

同樣的，四糸乃緊黏在舞台上巨大兔型天使——〈冰結傀儡(Zadkiel)〉的背上，張開冷氣結界，防止狂三的分身群聚在美九身邊。

或許是看到了這幅情景，原本繃著一張臉的美九再次露出游刃有餘的表情。

「呵、呵呵……沒錯～～我現在可是有三個可愛至極的精靈在我身邊呢……！不可能輸！」

聽了美九的話，會場內的狂三也一齊笑了。

「嘻嘻嘻、嘻嘻！」　「嘻嘻嘻嘻嘻！」

「是啊，沒錯。」　「確實，對手……」

「是精靈的話……」　「不用天使……」　「或許……」

「是有點不利呢～」

就像一陣風吹過草木叢生的森林，附近傳出回音。就連四糸乃和八舞姊妹也覺得很陰森，不悅地皺起臉龐。

狂三悠悠地舉起一隻手，朗誦般呼喚那個名字。

「——好了，出來吧，〈刻刻帝(Zaphkiel)〉。稍微懲戒一下這群傲慢又不知自己斤兩的精靈吧。」

一瞬間，金色的時鐘像是要遮掩住舞台入口從地面現形。在大約有狂三身高一倍高的巨大錶盤上，老式步兵槍和手槍分別代替指針標示出時間。

「天……使……」

士道看著那個時鐘，目瞪口呆地喃喃。〈刻刻帝〉——操控時間、強大無比的天使。

狂三聽了士道說的話，揚起嘴角，迅速張開雙手。結果，兩把槍隨著這個動作同時飛離時鐘，落到狂三手中。

接著，狂三呢喃似的對士道說：

「好了，士道。你準備好了嗎？」

「咦？準備什麼……」

「我現在就讓你和美九兩個人獨處，請試圖說服她吧。如果能讓她改過自新就好了。如果沒辦法，至少也要讓她答應不妨礙我們救出十香。」

狂三說完，一邊眨眼一邊在手槍槍身上親了一下。

「〈刻刻帝〉——【一之彈(Aleph)】。」

狂三這麼說的同時，影子便從時鐘錶盤上「I」的部分滲出，漸漸被吸進了狂三所持的手槍槍口。

與此同時，會場上出現手握槍枝的新狂三群，朝上空的八舞姊妹發射好幾發影子子彈。

「唔……煩死了！夕弦！」

「回答。耶俱矢，把手給我。」

耶俱矢與夕弦彼此手牽著手，以她們的手為轉軸在空中旋轉身體。

以她們為中心捲起了狂風，輕易彈飛狂三們射出的漆黑子彈。

「哈哈哈哈哈！妳以為那種東西會對吾等颶風皇女有效嗎！」

「簡單。這種攻擊，在我們的風面前就跟玩具竹槍沒兩樣。」

八舞姊妹高聲說道。雖然眾狂三們連續射擊影子子彈，但全部都被耶俱矢和夕弦周圍的旋風牆阻擋了下來。

不過，站在〈刻刻帝〉面前的本尊狂三看到這種情景後，微微勾起嘴唇。

然後將裝了【一之彈】的手槍朝向接住士道的狂三。

「那麼，就交給妳囉，『我』。」

「好的，沒問題，『我』。」

對話之後，漆黑的子彈射進抱住士道的狂三眉心。

然而，士道也知道那並非殺傷對方的子彈。【一之彈】的能力是——

「嗚哇……！」

突然襲向身體的衝擊讓士道屏住了呼吸。

一瞬間還以為受到了八舞姊妹的攻擊，然而——並不是。是狂三的分身就這樣抱著士道穿過八舞姊妹的下方，朝美九待著的舞台方向快速奔走。

「什——！」

「戰慄。剛才的是——」

上空傳來耶俱矢與夕弦慌亂的聲音。八舞姊妹似乎察覺到，雖然抱著士道卻用【一之彈】調快時間的狂三的動作。好驚人的動態視力。

八舞姊妹持續彈開從各方位射來的子彈，但看來瞬間反應慢了一拍。當她們慌慌張張從空中滑翔而下時，士道和狂三早已來到舞台上。

「……！」

「哇！哇哇！」

在舞台上待命的四糸乃與〈冰結傀儡〉似乎也因為這個突發狀況而亂了手腳。或許是想保護美九不受突然現身眼前的敵人侵害，只見舞台上逐漸形成一道冰牆。

可是在那瞬間，有好幾個狂三從周圍如飛彈般衝向〈冰結傀儡〉。

「嘻嘻嘻嘻嘻嘻嘻嘻嘻！」

「呀、呀……！」

「嗚哇！妳們幾個是怎樣啊！」

四糸乃雙手用力一拉，讓〈冰結傀儡〉彎下身子。與此同時，她們周遭空氣中的水分凝結，產生像冰柱形狀的冰塊，朝四面八方飛散而去，迎面攻擊接近而來的狂三們。

因為這個原因，製造結界產生了數秒的延遲。在冰牆即將完成之際，抱著士道的狂三以迅雷不及掩耳的速度接近美九。

「嘻……！」

「——怎……」

衝到美九面前的狂三伸出舌頭，戲弄了一下美九。

這舉動似乎惹惱了美九。她害怕的表情染上怒火，深深吸了一口氣。

「狂三！危險！」

士道不禁喊了出來。他對美九的這個動作有印象。是吹飛十香，那個具有質量的音壓。就算狂三再怎麼把時間調快，既然是聲音就無法避免。

然而——

「呼……！」

在美九吐氣的瞬間，漆黑影子在她腳下蔓延開來——狂三的分身一躍而出，從背後堵住了美九的嘴巴。

「姆……姆唔！」

美九痛苦得眼珠子直打轉，想要逃開束縛而不斷揮舞手腳。

眾狂三們立刻從影子裡爬出，牽制住美九的手腳，接著就這樣慢慢把美九拖進影子裡。

「嗯咕！唔嗯嗯嗯嗯嗯嗯嗯——！」

即使拚命抵抗，美九似乎沒有反抗好幾個狂三的肌力。她的身體緩緩地被黑暗吞沒。

「唔，狂三！妳在做什麼！跟我們說好的不——」

士道話說到一半，便住了呼吸。

因為被狂三抱住的士道，身體也開始慢慢沒入腳邊的影子。

「什……！狂三！」

士道瞠目結舌，不管再怎麼企圖逃跑、掙扎，狂三的手始終不打算放開他。就像電梯一樣，他的視野逐漸向下移動。

「咕——啊……！」

「嘻嘻嘻、嘻嘻嘻嘻嘻嘻！」

聽著狂三尖銳的笑聲——士道的視野染上一片漆黑。

「……咦？」

黑暗中，士道不停眨著眼睛。

士道現在的確是被狂三的影子給吞沒了——不過，至少他仍保有意識和身體的感覺。

他皺著眉環顧四周。這裡除了一望無際的黑暗，什麼東西都沒有。

「這裡……難不成是狂三的影子裡面……？」

「啊啊！搞什麼啦！這裡是哪裡呀～～」

背後傳來熟悉的聲音。士道轉過頭朝聲音傳來的方面看去。

「美九！」

「……唔！」

看來美九也發現士道的身影了。只見她瞬間驚嚇似的睜大雙眼後，馬上擺出憎惡的臉孔，轉過大半身子，似乎想大聲喊叫。

不過在她想這麼做的前一刻被人制止了。周圍滿溢而出的影子纏住了她。

「噫……！」

美九繃緊身體，不知從哪裡傳來一陣悶笑聲。

「嘻嘻嘻，不可以惡作劇喔，美九。」

同時周遭充斥著好幾個人的輕笑聲。

「——好了，第一個約定已經做到了，接下來就交給士道你了。說是這麼說，也沒有太多時間，請快點處理好吧。」

「喔，好……」

士道無力地抖動臉頰。「讓士道和美九兩個人獨處」……這個約定確實完美地達成了，但總覺得手段有點強硬。不如說，好歹也事先知會我一下嘛。

不過，美九有為數眾多的勢力和四系乃、八舞姊妹等精靈保護她，要和她一對一，就只有這個方法了吧。士道振作起精神，面向美九。

「美九。」

「……哼！」

就算士道叫喚名字，美九也只是生氣地撇過頭去。

或許是已經了解自身現在的處境，看來她並沒有要攻擊士道的樣子，不過也沒有想聽士道說話的意思。她雙手環抱胸前，像是在表示我跟你沒什麼話好說，不悅地皺著臉。

士道走到美九面前，深深低下頭說：

「先讓我為之前欺騙妳的事道歉，真的很抱歉……！」

美九瞄了士道的臉一眼，用鼻子哼了一聲。

「……真差勁，真是太差勁了～～隱瞞自己男生的身分，對我做各種事情，最後竟然還逼我看那種骯髒的東西……！」

美九說著雙手微微發抖。

「……不，對人做各種事情的人是美九妳，硬要看的也是妳……」

「你剛剛說了什麼嗎！」

「沒……沒有……」

士道連忙搖搖頭。要是說了不該說的話，害她鬧起彆扭就糟了。

「騙了妳是我不對！可是……不要因為這樣就把其他人拖下水！現在馬上讓受妳操控的人們

還有四糸乃、耶俱矢和夕弦她們清醒——」

士道話才說到一半，美九就搔了搔頭髮激動地說：

「吵、死、了——！請你閉嘴不要講話！讓……讓我受到那種莫大的恥辱，還敢說這種自私的話！我不想聽你這種人說話！」

「美……美九……」

「不要隨便叫我的名字！」

美九怒吼完便將臉撇向一邊。

「喂……喂。」

「…………」

「美九……」

「…………」

所謂的叫天天不應、叫地地不靈，就是指這種情況，更不用說什麼說服不說服了。

「這下真是傷腦筋……」

話雖如此，士道一開始也有料想到這種狀況。他本來就不認為能在這麼短的時間內，說服對他的好感度降到谷底的美九。

所以狂三才沒有對士道說出要他攏絡美九這種說法。

——在士道你們試著救出十香的時候，我不會去妨礙。

只要讓她答應這件事，士道就完成最基本的任務。

士道深深吸了一口氣，朝美九的背後開口：

「——美九，妳這樣聽我說就好。」

「…………」

美九沒有任何回應，但士道繼續說道：

「十香——我們在舞台上表演的時候……不是有個拍鈴鼓的女孩子嗎？就是她。我想妳應該已經發現了，十香跟四糸乃她們一樣也是精靈。而且——美九，妳應該有看到十香被ＤＥＭ的巫師抓走。」

「……！」

不知道是突然想到什麼事情，還是單純對「精靈」這個單字有反應，從頭到尾不做任何反應的美九稍稍抖動了肩膀。

「我……現在要去救十香。」

「…………什麼？」

士道這麼說完，始終保持沉默的美九只轉過頭來發出了聲音。不過那張臉上當然是極度不高興的表情就是了。

「去救她……？你為什麼要做那種事情？」

「為什麼……當然是因為十香對我很重要啊！」

美九聽了便露出感到十分意外的模樣，兩眼圓睜，嘲笑般用鼻子哼氣。

「你說重要～～……哦，原來如此，是這樣啊～～不過，我還是搞不太清楚。她確實是個漂亮的女孩子，但還是划不來吧？」

「……什麼？」

士道歪著頭，不明白美九說的是什麼意思。

「因為簡單來說，你就是因為解決性慾的對象不見了而悲嘆吧。可是，如果丟了性命就什麼都沒有了吧？留得青山在，還怕沒柴燒嗎？」

「妳……妳在說什麼啊？」

由於美九用詞太粗魯，讓士道連反駁都忘了，只是呆愣地喃喃說著。

「因為～～男人所謂的重要，就只是這種程度的東西吧～～」

「……妳的成見挺深的嘛。」

士道皺著眉頭如此說道，美九便嘲諷般抬起下巴。

「哈！不然還有什麼原因？難不成你要說那個叫十香的女孩比你的性命還重要嗎？」

「當然啊。」

這種事連想都不用想。士道沒有一瞬間的遲疑便如此回答。

「…………」

或許是對士道的反應感到意外，美九緊皺著一張臉，那表情士道從來沒看過。

儘管如此，士道還是繼續說了：

「不管遇到什麼事，就算用盡任何手段我也要救出十香。然後，我會再來這裡。到時候我不帶狂三，一個人來也沒關係。所以——美九，不要再擴大災害了，可以乖乖在這裡等我嗎？」

「……什麼？」

美九依舊帶著因厭惡而扭曲的臉，發出聽起來不怎麼愉悅的聲音。

「你要我相信你說的話？倒不如說，就算你說的是真的好了，你也到不了十香身邊吧？半路就會被巫師殺掉，一切都會玩完～～阿彌陀佛，請節哀～～」

「那是——」

士道正想反駁瞧不起他似的雙手合十的美九……卻突然止住話語。不對，是不得不停止。

老實說，士道無法完全否定美九所說的話。

確實現在擁有超過如字面所述「百人之力」力量的狂三在幫我。不過就算如此，ＤＥＭ是個不容小覷的對手也是不爭的事實。假設真的能順利救出十香，也不絕對保證士道會平安無事。

至少再多一個人也好，如果能得到精靈的幫助，事情可能就有轉機——

「——啊！」

此時，士道發出一個短促的叫聲。

不知美九是怎麼解釋這個叫聲的，只見她得意洋洋地揚起下巴。

「妳終於明白了嗎？沒錯～那種約定本來就不可能成立～明白的話就趕快——」

「沒錯……約定。」

士道像是要打斷美九說話般發出聲音。美九一臉狐疑，看似不高興地抖了一下臉頰。

「所以說～我從剛剛開始不就一直在說了嗎～」

「不是那樣。我指的是已經成立的約定——妳不得不履行的約定。」

「我……？」

美九歪著頭厭煩地說著……然後恍然大悟般屏住了呼吸。

「看來妳想起來了呢。喏，我們約好了吧？如果我在天央祭第一天贏過妳——妳就要讓我封印妳的靈力。」

士道直盯著美九的雙眼靜靜說道。

對美九而言，這應該是她不想被人提及的話柄。若是再次提起這個話題，她搞不好又要不認帳，開始大鬧了。

不過現在美九和士道所待的地方，是不允許一切暴力行為的狂三影子裡。要進行對等的協商，沒有比這更好的場所了。美九應該也理解這一點，只見她忿忿地咬牙切齒，對士道投以銳利的視線。

「那……那種事不算數！你隱瞞了你是男生的事實——」

「關於這件事，我向妳道歉。不過，我是男生跟我們的約定有什麼關係嗎？」

「唔……在……在舞台部門獲勝的是我！」

「是啊，妳說的沒錯。但我們約好的是得冠軍吧——這可就怪了，說謊的人應該是妳吧。」

「誰管你呀！想……想封印我的靈力，這種事……我絕對絕～～～對不允許！」

士道斬釘截鐵地說完後，美九便大聲吼叫。已經沒有思考邏輯的存在，單純只是在賴皮。

話雖如此，士道的目的並非鬥嘴鬥贏美九。再這樣繼續逼她，恐怕只會讓她態度更強硬。士道為了讓她冷靜下來，張開一隻手。

「這樣啊。那麼，我們來談個交易吧。我可以把封印妳靈力這個約定改成其他事情嗎？」

「其他事情……？」

「對——只要妳願意實現我一個願望，這樣就行了。」

士道伸出食指這麼說了。美九不隱藏厭惡感，露出不滿的表情。

「你在說什麼蠢話呀……？這樣到頭來還不是一樣——」

「——幫我去救十香。」

「…………咦？」

美九聽了瞪大眼睛，至今表現出來的充滿拒絕與戒備的表情，一口氣放鬆了。

「這……這就是你的條件？」

「對，沒錯……雖然很丟臉，但妳說的沒錯。就算有狂三幫忙，也不知道能不能確實救出十香。不過只要有妳在，或許會有辦法……！」

「可是……你之前的目的是封印我的靈力吧？為什麼要做到這種地步？」

「我說過了吧——十香就是這麼重要。」

「……！」

士道簡潔地如此回答後，美九便再次皺起臉，彷彿表示士道說的話難以置信。

「哼……！我拒絕～～再說，為什麼我非得答應你這種事呀！」

「美……美九……」

「我受夠了！不想再聽你說話了！全部都在騙人！有隱情！像人類這種自私的生物，怎麼可能那麼重視某人！」

「美九，妳又說這種話……！」

士道緊緊握住拳頭，苦著一張臉。

沒錯。士道聽狂三說了美九的祕密之後，更加不了解的就是這一點。

「妳為什麼要這麼抗拒人類！妳不也——」

就在士道話語未竟的瞬間——

被塗滿整片深黑色的影子世界裡射進了一道光。

「……？」

往上一看，一片漆黑的空間裂開了一道不規則的細縫。士道不禁僵住身體。

瞬間還以為是美九的吼叫聲害影子崩裂了……不過如果真是這樣，待在極近距離的士道不可能沒事地待在這裡。而且，美九似乎也一副不知所以然的模樣環顧四周。

就在士道頭上浮出問號的時候，就像要回應他的疑問一般，從某處傳來狂三的聲音。

「——不好意思，在你們相談甚歡時打擾你們……時間差不多要到了。」

「咦……？唔……唔哇！」

「呀！」

與被拖進影子時相反，全身像是被突然拉上去一樣被飄浮感包圍。

隨著頭腦被人激烈晃動的感覺，黑色以外的顏色同時猛然進入視野——這一瞬間後，士道和美九被拋到天宮廣場的舞台上。

「唔……唔嘔……！」

或許是突然從陰暗的影子中被拉出來的關係，眼睛有些刺痛。

不過，眼睛馬上適應了光明——開始看得見舞台內的情況。

好幾個狂三彷彿要保護士道一樣擺出陣型，坐在〈冰結傀儡〉上的四糸乃和手持〈颶風騎士〉做好攻擊姿勢的耶俱矢、夕弦則與之對峙。她們的視線散發出明顯的敵意。

「姊……姊姊大人……！」

「姊姊大人！汝可安好！」

「放心。真是萬幸。」

看見隨著士道從影子裡逃脫出來的美九，四糸乃等人大聲表示關心。

同時，狂三屈膝靠近士道。

「士道，你站得起來嗎？」

「狂三……剛剛究竟是……」

「我不是說了嗎？時間到了喲。要讓拉進影子裡的人們保持現狀，就得在當場一直展開影子才行。要是影子受到損傷，那個空間就很容易崩毀——我自認已經盡力幫你們爭取時間了，不過對手是三個精靈，果然不是那麼好對付呢。」

狂三說著看向周遭。

士道循著狂三的視線轉動脖子，看見四周躺著無數個狂三的屍體。看來她們似乎展開過一次又一次的激烈戰鬥。

「我的『時間』並不是取之不盡，差不多該撤退了喲。」

「等一下！再一下子——」

就在此時，士道的後頸突然被人抓住，斷了話頭。

「咳！幹……幹什……！」

士道不停咳嗽，大聲指責到一半，直到剛剛他還一直站著的位置突然被巨大冰柱刺穿，讓他什麼話也說不出來。

放眼望去，那個溫厚柔順的四糸乃正用充滿敵意的眼神瞪著士道。

「姊……姊姊大人的敵人……我絕不原諒……！」

「四……四糸乃……」

「你了解狀況了吧？」

狂三用嘆息的語氣說完，便將單手握著的手槍往上舉。

「〈刻刻帝〉——【一之彈】。」

接著將高速化的子彈射進自己，單手抱著士道衝離現場。

「哇……！」

與剛才一樣強烈的加速度加諸自己身上，使士道不禁脫口驚叫。然而狂三理都不理，踏上照明器具，從舞台天花板開的洞躍身夜空中。

然而，美九也不可能眼睜睜看著士道他們逃跑。她將手放在額頭上抑制從影子中被拉上來的暈眩感，高聲吶喊：

「別……別讓他逃了……！」

「遵命！」

「了解。明白了。」

八舞姊妹回應美九的聲音，追著狂三飛到室外。

就算狂三用的是高速化的子彈，對方可是風之精靈。要是形成長期戰，搞不好會被追上。

「哎呀哎呀，真是傷腦筋呀。」

與說出口的話相反，狂三用沒什麼緊張感的聲音說完，便再次舉起手裡握著的手槍。

「〈刻刻帝〉——【二之彈(Bet)】。」

在那瞬間，影子飛快地從舞台的方向被吸入手槍的槍口——狂三朝八舞姊妹扣下扳機。

「哼，學不會教訓的臭女人！那種東西對吾等是沒有用的！」

「制止。等一下，耶俱矢，那是……」

伴隨著戒備的聲音，耶俱矢與夕弦頓時停下動作。

不對——正確說來，有一點不同。

她們以非常緩慢的速度持續前進。沒錯，她們兩人並不是停在原地，只是動作變得相當遲緩

罷了。

「那是……」

「嘻嘻嘻，那是【二之彈】。是會讓被射中的人時間流動變緩慢的子彈。」

狂三像是在回應士道的聲音般如此說道。為了讓士道聽懂，她似乎故意說得比較慢。即使如此，聽起來仍有些像在快轉。

「照理來說，【七之彈(Zayin)】的功效比較確實，但那一招太耗費燃料了——尤其現在又是非得預留『時間』的情況。但是要逃走，用【二之彈】就綽綽有餘了。」

狂三說的沒錯，他們與八舞姊妹的距離眼看愈拉愈遠。就算八舞姊妹再怎麼自豪為最快速的風之精靈，在被遲緩化子彈射中的狀態下，似乎也追不上高速化的狂三。

狂三就這樣抱著士道飛舞在夜空，混入市街之中。

【一之彈】的效果想必是到期了，不久只見速度突然慢了下來。狂三為了掩人耳目，走進大樓與大樓之間的空隙才終於把士道放下來。

「躲到這裡應該就沒問題了——我說士道，你再過來一點。」

「咦？喔，好。」

士道像是坐了一趟超高速雲霄飛車一樣用手按著頭，被狂三拉著手進入小巷深處。

下一瞬間，一陣強烈的風勢伴隨著轟然巨響越過上空。不用說，肯定是八舞姊妹。看來她們正在找尋士道等人。

「哎呀哎呀。雖然說【二之彈】並不會連人的意識也奪走，不過在那樣的速度差距下，她們竟然還能掌握到我們的身影，到底擁有多麼驚人的動態視力呀。」

「……唔。」

雖然在這種距離下說的話不可能會被聽到，不過士道仍是一臉緊張，嚥下一口口水，持續仰望著上方。

就這樣，兩個小小的颱風弄散浮在天上的雲朵，盤旋在上空一陣子後才飛往別的方向。

看樣子她們放棄了。等到聽不見風聲後，士道才終於吐出安心的氣息。

「然後呢──士道，美九怎麼說？」

狂三將握在手中的手槍朝自己的影子丟下同時問道。士道輕輕咬了嘴唇後回答：

「……嗯，是有跟她說了比預想中還要多的話啦……可是沒有得到她明確的答覆，最後反而還惹她生氣了。抱歉，狂三，是我沒處理好，難得妳那麼努力幫我。」

士道說完，狂三便驚訝地睜大雙眼。

「哎呀哎呀。」

「幹……幹嘛？」

「沒有，只是沒想到你會慰勞我。呵呵呵，真是開心呢～～可以摸摸我的頭嗎？」

「別……別鬧了啦。」

感覺步調都被打亂了，士道唉聲嘆了氣。狂三似乎覺得這樣的他很有趣，不禁笑了出來。

「我想應該沒問題吧。聽你這麼說來，她似乎沒打算不惜冒著危險也要來妨礙我們的意思……況且，也讓她對我產生戒備了。」

「喔喔……這樣啊。」

士道臉上滴著汗水，一邊點頭表示認同。說的沒錯，親身體驗到狂三的威脅之後，不對她抱持戒心才奇怪吧。至少狂三在的期間，美九應該不會輕易對我們出手。

「可～～是……」

狂三半瞇著眼，用舌頭舔著嘴唇貼近士道。

「！妳……妳幹嘛突然這樣啦！」

「說服美九的事全都交給士道，我本來是不打算插嘴管你說的話……不過你跟美九的談話中，唯獨有一點令我不滿意呀～～」

「不滿意的地方？」

狂三自言自語般輕聲回答「是呀」。如此不痛不癢的一句話因為是在耳邊呢喃，令士道的身體顫了一下。

「你當時想拉攏美九當同伴吧……？欸，士道，你不放心只有我一個人幫忙嗎？」

「那……那倒也……！」

說不出「不是」這兩個字。要挑戰不識盧山真面目的敵人，只靠狂三一個人的幫助，士道確實感到不安。

結果在耳邊響起「呵呵」輕笑聲的同時，士道的耳垂被舔了一下。

「噫噫！」

士道再次條件反射般抖了一下身體。狂三將嘴角彎成新月形狀，同時悄悄移開身體。

「呵呵……我開玩笑的啦——敵人的戰力確實還是未知數，想在那種狀況下增強戰力，你的判斷力值得讚賞，我不打算針對這件事說什麼怨言喲……倒是……」

狂三用右手食指劃過士道的唇。這過分猥褻的舉動令士道不知所措、全身僵硬。

「士道你也真是的……真的很不會說謊呢。」

「吵……吵死了……」

「哎呀哎呀，我這算是在稱讚你喲。」

狂三踏著舞步般輕盈地轉了一圈，同時手指也終於離開士道的唇。總算解脫的士道吐出安心的氣息。

時間像是配合得剛剛好，狂三腳下展開的影子開始蠢動、增加體積，下一秒便從那裡爬出另一個狂三。

「唔喔！」

雖然某種程度知道狂三的能力，但突然冒出同一張臉還是會嚇一跳。

然而，新出現的狂三對士道這樣的反應既沒受到打擊，也沒表示不悅，反而露出像是在看什麼溫馨畫面的表情，然後靠近原本那個狂三的臉，竊竊私語的不知道在說些什麼。

「……唔，原來如此。」

聽她說完的狂三用手指抵著下巴，微微沉吟。

「──辛苦了，可以退下了。」

狂三這麼說了，原本竊竊私語的狂三便立刻轉向士道，拉著裙襬優雅地行禮，接著消失在影子中。

「剛……剛才的人是？」

「是呀。是我命令個別行動去打探情報的『我』喲。」

「情報……什麼情報──」

現在說到「情報」就只能想到一個。士道睜大眼睛直盯著狂三。

狂三以溫吞的動作垂下頭。

「沒錯──知道十香的所在地了。」

「真……真的嗎！到底在哪裡！她沒事嗎！」

士道幾乎要打破沙鍋問到底地傾身向前詢問狂三。狂三雙眼剎時睜得老大，嘻嘻嗤笑。

「士道你真的很喜歡十香呢。真令人嫉妒……害我都想增加條件來救出十香了呢。」

「條件……？」

「像是在十香面前說出『我喜歡狂三勝過十香』之類的。」

「喂、喂……」

「呵呵呵，開玩笑的啦。」

狂三吐舌嬉鬧……該怎麼說呢，跟狂三講話時步調總會被她打亂。

士道為了找回步調，稍微清了清喉嚨後再次看向狂三。

「所以呢……狂三，十香被帶到哪裡去了？」

「……好，我跟你說。」

狂三說著緩緩抬起頭。

「——Deus Ex Machina Industry日本分公司辦公大樓。十香……好像就被關在那裡。」

「——那麼，下一個問題。妳有聽過〈拉塔托斯克〉這個名詞嗎？」

在冷冰冰的房間裡，坐在十香旁邊的艾蓮一邊翻閱放在腿上的文件淡淡說道。不過十香只是用鼻子哼了一聲，往下看並別過臉。

「哼！誰要回答妳呀！」

「是嗎？那麼下一題。妳知道為什麼五河士道有操縱天使的能力嗎？」

艾蓮不在意，繼續發問。從剛才就一直是這種調調。

被問問題的人反而比較累。十香唉聲嘆氣。

「……妳這傢伙，好像叫艾蓮吧。教育旅行時的攝影師。」

「妳還記得我呀，真是榮幸。」

「到底攝影師為什麼要做這種事？光靠攝影活不下去嗎？」

「……不是，我只是扮成攝影師而已，那並不是我的本行。」

「唔……？明明是攝影師卻又不是攝影師嗎？」

「不是，我已經說過——」

就在艾蓮搔著臉頰說到一半時，裝設在房間上面類似擴音器的東西傳來一陣聲響。

「——請您住手，太危險了！萬一發生什麼事——」

艾蓮聽到這聲音，困惑地皺起眉頭。

「發生什麼事了？」

「唔，是的……！他說想進入隔離室……！」

「進來這裡？到底是誰想進來？」

艾蓮一這麼問，擴音器另一頭的聲音便躊躇了一下，然後繼續回答：

「是……是威斯考特先生……」

「……艾克嗎？」

像是在應和艾蓮的聲音，擴音器裡傳來男人的聲音。

「——是啊，妳聽得到嗎？艾蓮？可以幫幫我嗎？大家都不聽我的話，我對自己這麼沒有人望感到好灰心啊。」

「大家是擔心你的安全，請不要太為難他們。」

「原來如此，也可以這麼解讀啊。不過，還真是個難題呢。忠誠聽我命令的部下和擔心我安全的部下，究竟哪一方比較優秀呢？」

「至少我是屬於後者就是了。」

「不要說這種話嘛，我可愛的艾蓮。」

聽到透過擴音器傳來的聲音這麼說道，艾蓮露出以往從沒看過的無奈表情嘆了一口氣。

「……沒關係，讓他進來。」

「可是……！真的可以嗎？」

「對，就算精靈失控大鬧，有我在就沒問題。」

「我……我知道了……請務必小心……！」

過了數秒，牆壁跟之前一樣裂開，像門一樣開啟。

——然後有一個男人從那裡走進來。

是個高䠷消瘦的男人。暗銀色的頭髮，加上彷彿在臉上用刀子深深刻劃的銳利雙眸，是他最大的特徵。年紀頂多三十五歲左右，但全身散發出來的危險氣息令他看起來不像那個年紀該有的樣子。

「……！」

那個男人踏進房間的瞬間，十香感到極不舒服。

他並非像艾蓮一樣展開隨意領域。然而不知為何，當那個男人的視線捕捉到她的瞬間，甚至讓人有氣溫一口氣下降的錯覺。

「你這傢伙是怎……怎麼回事呀……！」

十香以驚恐戰慄的態度惡狠狠地瞪著男人，結果男人似乎像是看透了她的想法般，嘴角微微上揚。

「能見到您是我的榮幸，〈公主〉(Princess)。不對……妳是叫夜刀神十香吧。」

男人一邊說一邊緩緩走到十香身邊。每走一步，折磨十香的不快感便逐漸增強。

「我是DEM Industry的艾薩克．威斯考特。以後還請妳記住。」

男人——威斯考特彷彿在跟朋友講話般輕鬆地對十香說道。不過，十香用充滿敵意的視線回瞪威斯考特。

「……我被她討厭了嗎？」

「如果你剛才想討她歡心，應該再慎選一下手段才對。」

艾蓮說完，威斯考特回以「妳說的沒錯」，微微聳了聳肩。

十香用喉嚨勉強抑制住從胃裡湧上的嘔吐感，對威斯考特投以銳利的視線。

「你這混帳就是主謀嗎！你到底——到底有什麼目的……！」

於是威斯考特看向十香，沉著地開口：

「目的……啊。目的本身相當簡單，就是想要妳的精靈力量。」

他歪起嘴角繼續說道：

「——為了反轉世界的真理啊。」

「你說什麼……？」

十香不了解威斯考特說的話，皺起眉頭。

「你這傢伙是不是弄錯什麼啦？我沒有那種力量！」

「是啊，也是呢。現在的妳確實沒有。」

「現在的……我？」

十香感到疑惑，威斯考特便像演戲一樣誇張地張開雙手。

「在這個世界的妳存在過於安定，所以我必須先讓妳沉睡才行。沒錯——就像漂流在鄰界的海洋。不對……正確說來，是要讓在鄰界的妳覺醒，這種說法比較對吧。」

「你在……說什……」

「妳……」

威斯考特霎時瞇細雙眼。

「到底要怎麼做，妳才會絕望？」

「什……麼……？」

「憎恨世界、怨恨人類、即使是最強的天使也無法填補那種心情的空隙，不得不借助其他力量。要怎麼做，妳才會變成那種狀態？照ＡＳＴ的紀錄看來，妳以前似乎曾接近這種理想的狀態……當時到底發生了什麼事？」

威斯考特說完將視線投向艾蓮。

「——妳怎麼想？艾蓮？還是讓她受到肉體上的痛苦比較快嗎？首先用電流試看看吧。還有把房間的氧氣濃度調低，看看她的反應。也調整一下氣壓好了。如果這樣還不行，就一片一片拔掉她的指甲，之後再慢慢切碎她的手指……啊啊，對了，也削掉她的牙齒吧？聽說神經痛是最難忍受的。」

「什……」

十香臉色發青，背脊感到一陣惡寒。

對於威斯考特列出的各種拷問招式感到恐懼也是原因之一，不過最令十香感到害怕的，是宛如提出晚餐菜單般輕鬆說出這些話的這個男人不為人知的本性。

不知是否發現了十香這樣的想法，威斯考特甚至露出愉快的模樣繼續說道：

「畢竟精靈的身體遠比人類想的還強韌嘛。試著灌她毒藥吧。啊啊，這樣的話，注射毒品也行喔。還有，我想想，妳算是貞操觀念較強的人嗎？要是徹底踐踏妳身為女人的尊嚴，妳會感到多痛苦？妳在這個世界生活滿久了吧？有朋友和情人嗎？要是在妳面前殺掉妳親近的人，妳會覺得如何？」

「……！」

對於威斯考特說的話，十香不禁顫了一下臉頰。因為她剎時——想起士道差點被折紙殺死時的事情。

看到十香這種反應，威斯考特悠悠地點了點頭。

「——艾蓮。」

「是。她最親近的人恐怕就是之前提到的五河士道吧。唯有提到他的名字時的反應，跟其他的不同。」

「原來如此。好吧，那麼等他來之後再繼續後續事項吧。」

「了解。」

威斯考特點了點頭，轉身打算走出房間。

「等一下！你這混帳，打算對士道做什麼！」

十香忍不住對著他的背影大聲喊叫，企圖從椅子上站起來。束縛住雙手的枷鎖微微發出嘰嘎聲響。

不過——十香全身頓時被看不見的壓力侵襲，身體被壓回椅子上。

「啊，嗄……！」

「請安分一點。」

艾蓮冷淡的聲音震撼著十香的鼓膜。

「士——道……」

十香用沙啞的聲音呼喚士道的名字——她的意識逐漸往黑暗墜落。

第八章　陷沒火影的街道

「啊啊，真是的……！氣死人了氣死人了氣死人了……！區區人類，竟敢瞧不起我——！」

位於天宮廣場附近的高級飯店餐廳裡，美九心浮氣躁地敲打桌子。

五河士道與神祕的精靈襲擊天宮廣場之後，亞衣、麻衣、美衣顧慮到就壞的方面而言激動不已的美九，提議先吃晚餐讓心情冷靜下來。

不用說，從飯店裡的工作人員到住宿旅客上上下下，全都遭到美九的操控。目前美九待的餐廳也處於包場狀態，只坐著美九一人的餐桌上擺滿了豪華料理。

不過，不管吃再美味的料理、再疼愛可愛的女孩子，一點也平撫不了美九的焦躁。

「姊……姊姊大人……請冷靜。」

「就是說呀。一直生氣的話，就枉費妳生得一張可愛的臉了。」

隨侍在美九後頭的四糸乃與「四糸奈」說完，擦拭美九在拍打桌子時濺到醬汁的手。

「正是如此呀。姊姊大人是被上天選中的唯一絕對存在，無須為士道所言擾亂內心。」

「肯定。那種人忘了為妙。繼續在意會沒完沒了。」

耶俱矢和夕弦也將手放在美九的肩上溫柔說道。

「是、是呀……妳們說的沒錯～說的沒錯～那種微不足道的人類無聊戲言，我根本沒必要在意～」

美九就像在說服自己，一邊點頭一邊說著。

不過，就在這個瞬間……

（——因為十香很重要啊。）

士道的聲音再次在腦海中復甦，美九又「砰！」地敲打桌子。盤子被震起，飲料從玻璃杯裡濺到桌巾上。

「重要……？什麼重要呀？腦袋有病嗎……那種事不過是沉浸在自己的感情裡而已。啊啊，真是的，光是想起來就教人一肚子火～！人類……特別是男人這種劣等生物，根本不可能覺得有什麼事比自己的性命重要！也不能這樣覺得……！」

美九將握在手中的刀叉放在餐桌上，粗魯地搔了搔頭髮。

——沒錯，人類說的甜言蜜語全都只是表面的膚淺話語，絕對不能打從心底信賴他們。人類不過是微不足道的存在罷了。當然是這樣，只能是這樣。

「如果不是這樣，我——」

「姊姊大人……？」

四糸乃聽似擔心的聲音讓美九猛然回過神。美九輕輕揮了揮手掩飾過去，看向並排坐在後方的女僕裝少女們。

「……我問妳們，妳們跟士道還有十香是讀同一所學校對吧？」

亞衣、麻衣、美衣和八舞姊妹聽了微微點點頭，只有四糸乃一瞬間與左手的「四糸奈」對看，然後才小心翼翼地開口：

「那……那個……我不是，對不起。」

「不過，妳認識那兩個人吧？」

「是……是的！那是……當然。」

「那就沒有問題了～」

美九將坐著的椅子向後轉，重新翹了腳，然後依序望著並排在那的女僕裝少女們。

「我希望妳們老實回答我……那個叫士道的人和十香是什麼關係？他說他很珍惜十香，是真的嗎？」

「…………」

對於美九的問題，坐在一起的少女們沉思了一會兒般妳看我我看妳。

接著互相輕輕點點頭，將視線轉回美九的方向。

「不，他是個輕佻的男人，喜歡或珍惜這種話，他可以像呼吸一樣隨口說出來，也經常不尊

重我們。」

「沒錯沒錯，要說他的腦袋是直接連接下半身，倒不如說他是用下半身思考。」

「相反的，很沒毅力呢。對十香一定也只是嘴上說說，姊姊大人根本不用在意這種小事。」

「…………」

亞衣、麻衣、美衣很明顯地眼神游移不定。美九聽了她們回答，苦著一張臉吐了口氣。

「……我應該說過我希望妳們老實回答我喔～妳們顧慮到我的心情，我是很開心，不過我討厭說謊的孩子～」

美九將頭髮往上撥這麼說了，於是亞衣、麻衣、美衣顯然抖了一下肩膀。

然後死心似的吐了一口長長的氣說道：

「妳是問五河和十香的關係……對吧。呃，老實說我不太清楚，他們看起來不像一對情侶，但也不覺得只是單純的朋友……」

「對、對。啊，不過他們常常在一起是真的。十香跟五河在一起時看起來真的非常幸福的樣子，讓人會心一笑呢～」

「嗯、嗯。五河也是，非常喜歡十香，不管做什麼事都會擔心她，感情可好了。」

「哦……這樣啊？」

美九半眯雙眼，朝精靈們的方向看去。

「那麼，如果為了救十香，必須賭上自己的性命……妳們覺得士道會怎麼做？」

四糸乃聽了便一副有口難言的樣子支支吾吾：

「那、那個……姊姊大人，我可以……老實說吧？」

「可以～～把妳知道的所有有關士道的事跟我說就行了～～」

「那麼……我就說了。我想士道應該會這麼做……他會毫不猶豫去救十香，就算……自己會因此……死掉。」

「…………」

四糸乃的回答令美九輕輕咬了嘴唇。也許是發現了美九這個動作，四糸乃「噫！」的一聲發出小小驚叫。

「……妳們也一樣這麼認為嗎？」

美九說著朝八舞姊妹看去。兩人像是在思考一樣將手抵著下巴回答：

「呵呵，是呀，如果是士道應該會這麼做吧。吾可以跟汝打賭，那個笨蛋必定會不顧自己的安危踏入死地，就算對象換成吾和夕弦也一樣。」

「肯定。說得難聽一點，他有病。為了十香，不管犧牲什麼一定都會救出她吧。」

「…………」

美九的臉看來更加苦澀了。

（——當然啊。）

士道的話再次在腦中回響。

（——十香就是這麼重要。）

「咕……」

美九煩躁地握起拳頭，粗魯地從椅子上站起來。她就這樣胡亂搔了搔頭，嘆了口氣。

「……我今天累了～想沖澡～幫我準備房間～」

「好……好的！」

「遵照姊姊大人的！」

「吩咐！」

亞衣、麻衣、美衣端正姿勢，像是要領著美九般打開餐廳的門。

美九以緩慢的步伐走到那裡——在穿過門的前一刻只轉過頭看向後方。

「……叫居民們搜索士道的所在位置。要是找到了，就算我已經就寢也無所謂，要馬上來通知我。」

「咦……？那是要……」

亞衣、麻衣、美衣睜大雙眼；美九視線變得銳利。

「當然是為了報復呀！別管了，照我的話去做！」

美九如此吼叫完，拖著沉重的腳步往走廊走去。

◇

時鐘的指針越過頂點，開始往下走已過了約兩小時。

在月亮與零散星星的下方，士道與狂三瞪著眼前高聳的大樓群。

「十香……就在這裡。」

士道喃喃自語，掃視周圍。

士道他們的所在地位於天宮市東方的鏡山市商業區一角。好幾棟亮著零星燈火的高樓大廈聳立在深夜時分行人稀少的街道上，散發出莫名的壓迫感。

不經意抬頭往上一看，士道他們站著的街道前方有好幾棟特別高的大樓群聚一落。

「你發現了嗎？」

或許是察覺士道的視線，站在身旁的狂三如此說道：

「前面那一帶都是DEM的相關設施。你看得到的大樓全部都是相關公司的辦公大樓、事務所和研究設施之類的喲。」

「全部……」

士道再次看向大樓群，「咕嚕」一聲嚥了口水。不過，現在可不能感到害怕，因為十香就被囚禁在這之中的某個地方。

「……所以，哪一棟才是第一辦公大樓？」

「嗯，就是大樓群中央的那棟巨大建築物。不過很可惜，並沒有查出十香是被關在那棟大樓的哪個地方。」

「這樣啊……」

「總之不先到那裡說什麼都是白搭呢。我們盡量別讓人發現，往前進吧——好了……」

狂三轉圈背對牆壁後面對士道。

「待會我和士道要入侵DEM的建地——在那之前，我們先來開一個簡單的會議或許比較保險呢。」

「內容是？」

「好的，戰略本身很單純。首先我和士道先去DEM日本分公司第一辦公大樓。到目前為止沒問題吧？」

「嗯。」

「不過，這裡是DEM公司在日本的據點，很難想像他們會沒有任何防備。」

「……也對。」

士道苦悶地點點頭。對方是顯現裝置的製造商——DEM公司。雖然很難認為他們會在大半夜但仍可能有目擊者的街上進行大規模戰鬥，不過絕對不能大意。

「所以一到目的地大樓，我就在建地內叫出『我們』，襲擊其他設施。」

「原來如此……趁那場騷動潛進目的地嗎？不過那麼大肆襲擊，他們會不會反而加強警戒啊？DEM也會為了避免我們搶回十香而繃緊神經吧？」

士道說完，狂三輕輕點了點頭。

「你說的沒錯，十香是現在設施內最重要的樣本。要是設施遭到襲擊，他們勢必會最先鞏固十香的警備吧。」

「對吧？那麼——」

「就是因為這樣，你不覺得要完全不被對方發現，入侵關著如此重要的十香的辦公大樓幾乎不可能嗎？那麼，讓他們多少轉移注意力到其他建築物上才是明智之舉。就算十香再怎麼重要，他們也不可能完全忽視其他設施被襲擊吧。」

「唔嗯……」

士道將手抵在下巴輕聲沉吟。雖然簡單，卻是很有效的手段。最重要的是，要是沒有能一下子就派出好幾千龐然大軍到建地裡的狂三，這方法絕對不可能實現。

「我知道了，就用這個方式吧。」

「能獲得你的同意真是令人開心呢——好了，那我們出發吧。」

「喔……！」

士道握緊拳頭、視線變得銳利，然後跟著狂三朝ＤＥＭ的大樓群踏出腳步。

——就在穿過道路，進入ＤＥＭ建地的瞬間。

士道和狂三同時蹙眉，彼此對看。

似曾相識的感覺。雖然只有一點點，但身體表面有被肉眼看不見的刷毛刷過去的感覺。

「喂，剛剛的是……」

士道正想和狂三說話——立刻止住了話頭。

不，正確來說，是被更大的聲音完全掩蓋過去。

——嗚嗚嗚嗚嗚嗚嗚嗚嗚嗚嗚嗚嗚嗚嗚嗚嗚嗚嗚嗚嗚嗚嗚嗚嗚嗚嗚嗚嗚——

士道他們進入建地的同時，附近響起了如此尖銳的聲音。

剎那間，士道還以為是探測入侵者專用的警報器響了。可是……不對，他曾聽過這個聲音。

「空間震警報……！」

士道苦著一張臉如此大喊。沒錯，那是感受到精靈出現時造成的災害——空間震而發出的廣域警報。

「是指有精靈出現了嗎！在這一帶？」

令人難以置信的時間點。士道臉部僵硬環顧四周，應該正在加班的上班族和便利商店店員們驚慌地開始避難。地下避難所的入口開啟，街道因應空間震而逐漸改變樣貌。

「不，看來並不是這個原因呢～」

然而，狂三卻微微瞇細雙眼，自言自語般說道：

「完全感覺不到空間震發生時的空間搖動呢。我想至少應該不是精靈從鄰界現界的情況。」

「那麼，這個警報聲到底是……」

「……我要說的終究只是假設。這個警報聲恐怕是ＤＥＭ讓它響的。士道你似乎已經發現了有觸碰到巫師隨意領域的感覺。」

「咦……？可……可是，這是空間震警報……沒錯吧？」

士道歪著頭不明白ＤＥＭ的意圖。至少這個警報聲聽起來並不像只在設施內鳴響，而是讓附近一帶的居民避難的廣域警報。對政府也吃得開的ＤＥＭ公司或許有可能做到發布空間震警報這點小事，但那也不是在發現入侵者時鳴響的工具。

「是呀～能想到的可能性，比如說——」

狂三像是在動腦筋般用手指抵住下巴，接著突然抓住士道的後頸，就這麼往地面一踢，向右邊跳開。

「嗚喔……！妳……妳幹什──」

突然被拉住脖子的士道正想高聲抗議──卻停了下來。

理由很簡單。因為剛才士道和狂三站的地方被一道光之洪流射過，引發爆炸後，在地面炸開了一個大洞。

「什、什、什……」

「──極力減少目擊者，打算大鬧一場也說不定呢。」

狂三說著同時仰望天空似的抬起頭。

天空飄浮著好幾具以月亮和高樓大廈為背景，全身穿著CR-Unit的銀色人偶。

宛如全罩式安全帽的頭部、異常發達的臂部，以及與人類關節相反的腳。士道記得那些異形的模樣。

「那是──〈幻獸・邦德思基〉……！」

在士道說完的同時，〈幻獸・邦德思基〉群將手上拿著的雷射加農砲一齊轉向士道，毫不猶豫地扣下扳機。

「嗚哇！」

「嘖──」

狂三將士道抱在脅下，一躍而起。〈幻獸．邦德思基〉射出的魔力光轟炸地面，引起了一場小爆炸。避難中的上班族們表情像是看到了難以置信的景象，慌張地逃進避難所。

「『我們』！」

抱著士道著地的狂三如此大吼，影子隨即在她的腳下蔓延開來。

然後從那之中出現近百人的狂三，頃刻間以飄浮在上空的〈幻獸．邦德思基〉為目標，一齊跳躍而上。

「嘻……嘻嘻嘻嘻嘻嘻嘻嘻嘻嘻嘻嘻嘻嘻嘻嘻嘻嘻嘻嘻嘻嘻嘻嘻嘻嘻嘻嘻嘻嘻嘻嘻嘻！」

那真是極為壯闊的景觀。

為數眾多的狂三衝向飛舞在空中的〈幻獸．邦德思基〉，一個個空手拽下它們的機翼、槍砲、手、腳和頭。那幅光景，若是〈幻獸．邦德思基〉和人類一樣有意識，肯定會陷入恐慌。

當然〈幻獸．邦德思基〉也不會默不作聲讓人攻擊，它們射出手上的雷射加農砲和微型導彈，讓眾狂三的頭部、胸口開出鮮紅的花朵，但依舊寡不敵眾。

頭部亮起紅燈，同時鳴響出猶如臨終前的尖銳警鈴聲——不久，飛舞在天空的〈幻獸．邦德思基〉群就變成鐵塊墜落地面。

「這還真……真是厲害啊。」

「沒空佩服了喲，後援隊來了。」

狂三謹慎地瞪著建地深處說道。

剛才的〈幻獸．邦德思基〉恐怕是類似警備機的東西吧。剛才無可比擬的大量〈幻獸．邦德思基〉和DEM的巫師們，從前方的建築物現身。入口就不用說了，當可變動式牆面左右開啟後，立刻可見一大排巫師並列在那裡。判斷不出正確的數目，但至少不下五百名。

「什……！」

士道揚起染上慌亂之色的聲音。雖然想過他們會有所防備，但沒想到竟然會是如此大規模的勢力。

「唔，看這個情況，士道，我們稍微改變一下作戰方式吧。」

「咦？」

士道應和狂三說話的瞬間，不知不覺被染上漆黑色彩的地面有好幾個狂三的分身不停爬出。

為了迎擊逼近而來的巫師們，她們從影子拔出兩把槍，依序組成陣形。

「──『我們』會朝人偶和巫師們衝撞過去，我和你就趁隙一口氣穿過防衛線。」

「喔……好……！」

不得不這樣做。士道用力點頭答應。

「那麼──要全力衝刺了喲。請抓住我不要被甩掉囉！〈刻刻帝〉──【一之彈】……！」

狂三從影子裡拔出手槍，將槍口抵住自己的太陽穴射擊。

與此同時，DEM的巫師們和狂三群的先鋒部隊互相激烈衝撞。巫師們射出的雷射加農砲和微型導彈與狂三群的影子子彈交錯，引發了大爆炸。

「————！」

士道被高速化的狂三抱著，一口氣穿過戰場正中央。

衝擊全身的強烈加速度，加上在超近距離爆裂的許多彈藥，讓士道產生耳鳴，一瞬間快要失去意識。

「咕……！」

他咬著口腔的肉咬到幾乎快出血，才勉強保住意識。

不久，穿過說是爆炸中心地帶也不為過的戰場，狂三穩住腳步停了下來。這時【一之彈】的效用應該也失效了，狂三的速度回復原樣。

「你還好嗎？士道？」

「還……還好……總算熬過了。」

士道說著終於成功靠自己的雙腳站在地上。雖然頭有點暈，但可不能在意這種事情。士道鼓著臉頰打起精神，說了一聲「好！」並握緊拳頭。

「別浪費時間了，我們走吧，狂三。」

「好。第一辦公大樓往這裡走——」

——就在狂三正想用食指指向前方的瞬間……才覺得她的身體剎那間被染黑……

「啊——」

隨著一道小小聲，真的是非常細微的聲音，與士道對話的狂三的頭顱就這麼飛向天空。

「咦……？」

由於過於突然，士道無法理解瞬間發生了什麼事，驚愕地發出聲音。

原本是狂三頭部的地方慢了一拍，像蓮蓬頭般噴出溫熱的鮮血，染紅士道的全身，士道的腦袋才終於掌握現狀。

「嗚——嗚哇啊啊啊啊！」

他發出刺耳的叫聲，當場跌坐在地。同時，狂三的身體猶如斷線的傀儡頹然倒地。

「狂……狂三！狂三！」

狂三顯然已經喪命，但士道仍走近倒地的她。沒有頭顱的屍體輕微地痙攣顫抖，地面形成一灘紅色積水。

就在這時，士道發現狂三的後方站著一個人。在視野的一角可以看見被無機金屬鎧甲包覆住的腳。

「啊——」

無庸置疑，那是巫師的CR-Unit。對方恐怕是……DEM的巫師。

——必須逃跑。雖然內心理解，腳卻無法動彈。士道屏住呼吸，將視線往上移。

藍與黑的配色，從未看過的Unit。左手裝備著猶如巨大下顎的武器，前衛的外形讓人聯想到凶猛野狼。

「哎呀哎呀——終於找到你了。」

不過，聽到應是那個巫師發出的高亢聲音，士道的眉毛抖了一下。再往更上方——臉的地方看過去……

綁成一束的馬尾、看似強勢的雙眸，以及左眼下方的愛哭痣。是個長相有些地方與士道相像的少女。

「真……那……？」

士道看見那張臉，目瞪口呆。

沒錯。那正是自稱士道親妹妹的少女——崇宮真那。

幾個月前，自從她與狂三戰鬥身負重傷後，應該就一直謝絕會面。看來她在士道不知情的期間已經康復。

然而，儘管士道因這意料之外的重逢感到訝異，依然重新繃緊神經，因為真那原本就是從DEM調派到AST的巫師。既然她會在這裡，就代表她鐵定是來鏟除入侵DEM Industry設施的敵人——士道。

不過，真那與士道四目相交的瞬間，原本凜然的表情突然放鬆，當場跪地緊抱士道。

「哥哥……！幸好你沒事！」

「哇、哇！」

士道被真那身上穿的Unit凹凸不平的觸感嚇到，慌張得眼珠子猛轉。不過他立刻冷靜下來，抓住她的肩膀拉開兩人的距離。

「真、真那……妳是真那對吧。傷已經治好了嗎？」

「是的！真那用盡全力治好囉！」

她說著彎曲手臂做出握拳的動作。與現況不搭調、過於開朗的聲音，讓士道總覺得有些敗給她了。

「呃……那個，真那，妳是DEM的巫師沒錯吧？所以是來打倒我……」

「不是的。詳細情形之後再向你說明，我已經辭退DEM的職務了。」

「咦……？可是，妳那身裝備是……」

「啊啊，這是我從〈佛拉克西納斯〉擅自借來的。我現在是〈拉塔托斯克〉的人。」

「咦……什麼！」

連續而來的新情報讓士道頭腦一片混亂。為什麼真那會到〈拉塔托斯克〉……？AST加上DEM，和〈拉塔托斯克〉不是價值觀完全相反的組織嗎？

「可是，妳剛才為什麼要把狂三……」

「喔喔，我看哥哥你好像被〈夢魘（Nightmare）〉攻擊，坐立難安就……」

真那這麼說了，士道動了一下眉尾。說到這兒，雖然士道現在和狂三處於合作關係，不過狂三原本就是真那的宿敵，也是吃人精靈。兩人一起在這種地方，會被誤會也是在所難免。

「不……不是啦！狂三現在是在幫我！」

「幫你……？」

真那狐疑地瞇起眼睛。在這瞬間，黑影像污漬般從大樓牆壁逐漸擴展開來，露出狂三的扭曲笑容。同時，倒臥地上的狂三屍體被影子漸漸吞沒。

「嘻嘻嘻，還是一樣那麼粗暴地歡迎我呢。」

「狂三……！原來妳沒事啊！」

「是呀。難不成你認為這點小伎倆就能殺了我嗎？」

到底是什麼時候換成分身了？只見狂三撫摸脖子笑著說道。真那「嘖」地大聲咂嘴。

「還真是遺憾呢。差一點就能消滅妳那讓人極為不悅的輕笑了。」

「我不是說過了嗎？憑妳不可能做到喲～～」

「哼，要試試看嗎？要是妳那自傲的子彈打得到我就好囉。」

「嘻嘻……嘻嘻嘻嘻嘻嘻嘻！因為我的善變加上碰巧才撿回一條命的人，說這話還真是讓人笑掉大牙呢。還是說，因為太恐懼讓妳喪失了記憶？」

「哎唷，妳這個戰鬥狂、殺人狂，竟然只耍嘴皮子完全不攻過來，還真是天殺的難得呢。連接受我挑釁的餘力都沒有了嗎？」

「呵呵呵，要我這次不失手徹底幹掉妳，把妳大解八塊後，先從妳那靈活的舌頭開始享用也行喲。」

真那與狂三彼此交會充滿敵意與殺意的視線，你一言我一語撂下危險度破錶的狠話。剛好處在兩人中間的士道感覺自己的背冷汗淋漓。

「等……等一下啦，妳們兩個……！」

儘管他如此勸阻，真那依舊不停對狂三投以彷彿光是被看著皮膚就會潰爛的犀利視線。狂三輕輕嘆口氣，聳了聳肩。

「算了，這樣正好——我也有其他事要找DEM，就在這裡個別行動吧。有真那在應該就沒問題了吧？」

「喂、喂，狂三……？」

「放心吧。利用『我們』實行的調虎離山之計一樣會繼續——那麼，保重囉。」

狂三垂下視線，漸漸沉入影子中。不久，影子便從牆面消失得無影無蹤。

「狂三！狂三！」

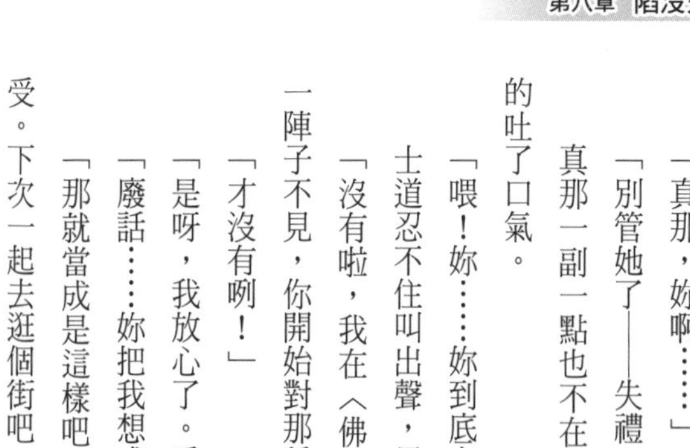

即使呼喊也沒得到任何回應，看來她真的跑到別的地方去了。士道胡亂搔了搔頭。

「哼，我是不知道你們達成了什麼協議，不過現在這樣很好嘛。跟那種惡魔合作，不知道會被索取什麼樣的代價！」

「真那，妳啊……」

「別管她了——失禮一下，哥哥。」

真那一副一點也不在意狂三的模樣，直盯著士道的臉看，然後粗暴地摸向他的胸口，安心似的吐了口氣。

「喂！妳……妳到底在幹嘛啦！」

士道忍不住叫出聲，只見真那面有難色地沉吟：

「沒有啦，我在〈佛拉克西納斯〉上看到哥哥的影像時，你一副莫名可愛的打扮，我還以為一陣子不見，你開始對那種興趣覺醒了呢。」

「才沒有咧！」

「是呀，我放心了。看來是還沒去動手術……下面呢？應該沒去拿掉吧？」

「廢話……妳把我想成什麼人了啊？」

「那就當成是這樣吧。我心胸很寬大，如果只是扮扮女裝，我會當成是你的一種特殊嗜好接受。下次一起去逛個街吧。」

「我就說……！」

士道嘆了一大口氣。真那壓著耳朵皺起眉頭。看來她的頭部裝置上搭載的耳麥似乎發出了大聲音。

「啊啊……對了對了——哥哥，這個給你。」

真那從袋狀的腰部零件中拿出小小的電子儀器。

「這是……耳麥？」

「對，請用。線路已經接上了。」

士道從真那手中接下耳麥，戴在右耳。過了一會兒，耳麥傳來有些難為情的聲音。

『……士道，聽得到嗎？』

「琴里！妳恢復理智了嗎！」

不用問也知道，那是士道的妹妹，同時也是〈拉塔托斯克〉司令官——琴里的聲音。

透過擴音器聽了美九演奏的琴里，照理說應該也跟四糸乃和八舞姊妹她們一樣，變成了美九的狂熱信徒。

『是呀，嗯，好不容易恢復了。』

琴里這麼說完，一副不好意思開口的語氣說：

『抱歉啊，那個……不是出於我的本意。』

「咦？什麼東西？」

『就是……那個呀，叫你去死之類的。唔……我是沒有印象了啦，不過似乎有留下當時的影像，我好像對你說過……那種話……』

士道聽了輕輕點頭稱是。這麼說來，被美九的演奏奪去心神的琴里好像有說過那種話。

看來她似乎很在意這件事，士道不禁笑了出來。

「我當然知道不是妳的本意啊。」

『唔……』

琴里似乎有些不好意思地低聲沉吟。

「別說這個了，妳是怎麼擺脫美九的支配啊？」

士道這麼問了，這次傳來令音的聲音回答他的疑問。

『……讓她一度昏迷，再用真那的隨意領域『洗淨』。大家被操控時，把〈佛拉克西納斯〉的通訊設定搞得亂七八糟的，花了好久的時間才修復完畢。之前無法聯絡你，真是抱歉。幸好你沒事。』

「不，別這麼說……」

『……不過，你放心。剛才拿給你的耳麥，是設定成特定區域之外的聲音都會自動消除，所以美九的演奏聲已經不會再傳到我們這裡了。』

「原來如此……」

『然後，我要開始進入正題了。』

士道回答之後，琴里重新打起精神清了清喉嚨。

『士道，你為什麼會在那種地方？而且還跟狂三在一起。』

「喔喔，那是因為……」

士道簡單地說明琴里她們被美九操控後發生的事。艾蓮擄走十香、狂三幫忙救十香，還有——十香似乎被關在這個設施裡的事。

聽完這些的琴里沉默了一下——

『……不行，太危險了，我沒辦法認同。』

接著以沉重的聲音如此說道。士道因為這個意外的回答，深深皺起眉頭。

「妳……妳在說什麼啊！十香被綁走了耶！DEM不是一個想殺掉精靈的危險組織嗎！十香不知道會被他們怎麼樣耶！」

『那種事不用你說我也知道啦……！』

「那妳為什麼反對！」

『難道我不能阻止哥哥企圖潛入那麼危險的組織嗎！你好歹有點自覺吧！你總是沒有把自己的性命考慮進去！』

「唔……就……就算這樣，難道妳要我放下十香不管嗎！」

『我哪有這樣說呀！不過，如果再準備周到一點之後——！』

「哪還有空說那種悠哉的話啊！而且，現在有好幾個狂三在拖延巫師們的腳步，這種機會不會再有第二次！」

『那是……！』

「拜託妳，琴里！我……一定會把十香帶回來！所以……！」

『……啊啊，真是的！』

士道懇求似的說了，耳麥傳來琴里煩躁地拍打椅子扶手的聲音。

『反正就算我阻止你，你也不會聽吧……』

「……妳很了解嘛。」

『我可不是白白當了你十年以上的妹妹喲。』

琴里吐出舉白旗投降般的嘆息，繼續說道：

『辦公大樓內恐怕會因為隨意領域妨礙通訊，也沒辦法由我們這裡幫你指路。〈佛拉克西納斯〉能做的，就只有外部支援。』

「嗯，這樣就夠了……抱歉啊，琴里。」

『真是的，哥哥不聽話的兩個妹妹還真是辛勞不斷呢，真那。』

琴里一說完，真那便「啊哈哈」笑著聳肩。

「是呀。話是這麼說沒錯，不過要是在這裡像個夾著尾巴逃跑的懦夫，我可不承認他是我的哥哥。」

對於真那的反應，琴里嘆了不知道是第幾次的氣。

『……真不賴呢，既然要做就不許半途而廢。除了救出十香，士道和真那你們也要平安無事。除此之外都不算成功。』

士道說了聲「嗯」，點頭回應琴里。

於是琴里繃緊神經繼續說：

『來——開始……』

「嗯——開始……」

士道呼應琴里接著說了。

『我們的戰爭(DATE)吧。』

「我們的戰爭(DATE)吧。」

兩人同時如此說道，士道便將臉轉向第一辦公大樓。

◇

時間稍微回溯到深夜兩點。

折紙在醫院的病床上將手一握一放，輕輕點了點頭。

雖然腦袋深處還殘留著微微痛楚，但或許是剛才接受了醫療用顯現裝置的治療，身體總算能按照自己的想法活動。儘管醫生吩咐一定要靜養，不過照這樣看來，應該至少能去找士道。

「…………」

抵紙不發一語地將臉轉向旁邊，那裡有……

「……唔嗯，折……折紙前輩……再怎麼說，妳這樣是犯罪行為喲……」

靠在折紙床邊，呢喃著莫名失禮夢話的美紀惠。

看她睡得這麼熟，應該沒問題吧。折紙小心翼翼不發出聲音地坐起身子。

必須盡早確認士道的安危。雖然真那應該已經幫她掃蕩盯上士道與十香的DEM巫師潔西卡等人，不過她還是擔心燎子口中所說的暴動。希望士道平安無事——

折紙下了病床，毫不費力地穿上拖鞋後突然停了下來。

沒錯，穿著接線套裝被抬到醫院的折紙沒有替換衣物。

到底該怎麼辦……正當折紙如此思索時，美紀惠輕輕翻了個身。

「折紙前輩……不行啦……要是吃了那種東西會拉肚子……」

折紙默默地往下看著美紀惠的全身。她現在正穿著高中的制服。

「…………」

雖然身高跟體形有些許差異，不過總比一件病服要好得太多了。折紙盡可能快速地擬定好計畫後，讓美紀惠躺在床上，解開她胸前的緞帶以及襯衫的鈕釦。接著拉下裙子的拉鍊，小心避免吵醒美紀惠，緩緩地脫下她的衣服。

就在這個瞬間……

——嗚嗚嗚嗚嗚嗚嗚嗚嗚嗚嗚嗚嗚嗚嗚嗚嗚嗚嗚嗚嗚嗚嗚嗚嗚嗚嗚——

窗外響起尖銳的警報聲。

「……空間震警報……？」

折紙用雙手拎著美紀惠的裙子微微皺眉。

「嗯……唔唔……什麼聲音呀……？」

遲鈍的美紀惠似乎也醒了。她打了一個大大的哈欠，揉揉眼睛，一臉呆滯地盯著折紙。

「啊……折紙前輩，您早——噫嗚！」

當她問候到一半，應該是發現了自己的模樣，只見她顫抖著身體跳起來，滿臉通紅、拉起棉被遮住自己裸露的胸部。

「折……折折折折紙前輩！我想問妳妳到底在做什麼呀？」

「脫妳的衣服。」

既然被發現也無可奈何，於是折紙老實招出。美紀惠原本已經紅得像番茄的臉蛋又更紅了。

「咦咦咦咦咦咦咦咦咦！妳……妳脫我的衣服打算做什麼呀？」

「脫掉妳的衣服之後……？我當然也打算脫掉我自己的衣服啊。」

「啊……啊呀呀呀呀呀呀呀呀呀！」

美紀惠發出像珍禽異獸的尖叫聲，用雙手捂著臉頰。

她這麼討厭別人穿她的衣服嗎？那這樣或許滿對不起她的。折紙立刻低下頭道歉，將拿在手裡的裙子還給美紀惠。美紀惠不知為何抖了一下肩膀。

就在此時，剛才還給美紀惠的裙子開始微微顫動。看來是她的終端機有聯絡進來了。

「啊！好……好，我馬上接！」

美紀惠著急地摸索裙子的口袋，拿出通訊終端機。

「是，我是岡峰……啊，是……好的……呃，什……什麼！」

美紀惠驚訝地睜大雙眼，接著說了兩三句話後結束通話。

「到底發生什麼事了？」

「是、是的……那個，據說ＤＥＭ日本分公司被精靈……還有她的幫手襲擊了。ＡＳＴ隊員要馬上出動去支援ＤＥＭ。」

「襲擊……？那個精靈的識別名是？」

「夢……〈夢魇〉……」

「……！時崎狂三……？」

折紙的眼神因美紀惠口中說出的名字而變得銳利。那個名字，是曾經轉學到折紙班上的精靈之名。

「那麼，她的幫手指的是？」

「那……那是……」

美紀惠欲言又止，移開視線。折紙用雙手用力抓住她的臉，逼她看著自己。

「回答我。」

「是、是的……他是……五……五河士道……」

「士……道……？」

折紙啞然反覆思考那個名字——

「……！」

下一瞬間，她迅速轉過身面向病房的門。

「折……折紙前輩！」

不過，她沒辦法衝出門外，因為美紀惠抓住了她的左手。

「不……不可以！妳知道自己現在是什麼狀態嗎？」

「沒關係。雖然不知道士道是基於什麼理由，不過既然他在戰場上，我就必須去救他。」

「到……到底要怎麼救他！」

「……只要去ＡＳＴ的飛機庫，應該會留下什麼裝備才對。」

美紀惠聽了便用力搖了搖頭。

「不可能的！折紙前輩的認證ＩＤ現在已經被凍結！無法使用裝備！」

折紙皺眉，停下腳步看向美紀惠。

「這是怎麼回事？」

「就是字面上的意思！現在折紙前輩別說是CR-Unit了，連使用接線套裝都不被允許！」

「…………」

折紙緊咬牙根。美紀惠說的確實有道理。折紙一再非法使用裝備，過度驅使超過活動極限的腦部。能想到的理由多如山。

不過即使如此，折紙仍然沒辦法默默躺在病床上。

「……那麼，普通裝備也沒關係。如果是槍枝這種小型武器，應該可以帶出去。」

「妳是認真的嗎！沒有隨意領域就踏入巫師和精靈的戰場，簡直跟赴死沒兩樣呀！請妳冷靜一點！」

「……我重要的人就在那樣的戰場上，所以……我非去不可。」

「唔——」

美紀惠更加使勁地拉了折紙的手。

「那個人……有這麼重要嗎？」

「很重要。」

「比自己的性命……還重要？」

「對。」

折紙沒有一絲猶豫，點頭稱是。

「他是留給失去一切的我最後的心靈寄託。如果他死了，我一定也會失去自我——所以，放開我。」

美紀惠聽了視線變得銳利。

「……就算我說，如果妳去我就咬舌自盡，妳也要去？」

折紙回看美紀惠的眼睛，張開雙唇說：

「妳不會那麼做。」

「……！請不要小看我，我對折紙前輩也是這麼地——」

「因為妳知道這麼做，我會傷心。」

「……！」

美紀惠瞪大雙眼——低下頭，然後像在擦眼淚一樣用手捂著臉。

「……真不甘心……好羨慕那個人呀，能讓折紙前輩說到這種地步。」

美紀惠唉聲嘆氣，抬起頭來。

「……就算阻止妳也沒用吧？」

「沒用。」

「就算沒有武器妳也要去對吧？」

「對。」

折紙這麼回答，美紀惠看似悲傷地笑著——迅速穿好衣服，從病床上下來。

「……我了解了。既然妳如此覺悟，我也無法阻止妳——可是，我不能讓妳白白去送死……

雖然不知道能不能用，但我想到一個好點子，請跟我來。」

「好點子……？」

折紙疑惑地歪著頭。

◇

DEM的巫師和〈幻獸・邦德思基〉射出的魔力砲和微型導彈，將群聚在附近的狂三分身連同鋪設過的地面和建築物炸得老遠。每炸一次，淒厲的尖叫和笑聲便會響徹周圍，狂三的影子就像破布在空中飛舞。

然而，有好幾發漆黑的子彈像混入爆炸的風壓一般在空中飛舞，射穿了巫師們穿的Unit和〈幻獸・邦德思基〉的頭部。

一場完全不像存在於這個世上，雜亂無章的混戰；一發不下數百萬的彈頭猶如雨水毫不吝惜地落下。散播壓倒性破壞的巫師們，與無止盡從漆黑影子爬出、能將駭人惡夢具體化的精靈，雙方互不饒恕也毫不遲疑地廝殺。若是士道踏進這個戰場，恐怕會遭碎屍萬段，舉行葬禮時遺體都難以拼湊完整吧。

「…………」

想像了不好的事。在真那的隨意領域掩護下低空飛行的士道，內心嘟噥抱怨著自己豐富的想像力，並蹙了一下額頭。

『——就是那裡，士道。』

耳麥傳來琴里的聲音，士道抬起頭來。真那也像配合士道一樣，往同一個方向看去。

矗立在那裡的，是比周圍建築物更大的高樓，樓層少說也有二十層以上吧。應該是正面入口的大門，或許是察覺到了緊急狀態，早已降下看似十分堅固的鐵捲門。

「請稍微給我等一下。」

真那說完朝地面準備著地。同時，整個人被隨意領域包覆的士道，身體也像憶起地心引力一般緩緩朝下方移動。

真那將手掌放在鐵捲門上，伴隨著輕聲細語用力握緊。

結果同時間，厚度約有三十公釐的厚重鐵捲門便扭曲變形，開了一個能讓一人通過的洞。

「好了，我們走吧。」

「妳還是一樣亂來耶……」

士道苦笑，跟在準備穿過鐵捲門的真那身後。

「不過，這裡實在太大了。要是至少能知道十香在幾樓就好了……」

士道面露難色說道，結果耳麥傳來一陣愛睏的聲音——是令音。

『……如果對方囚禁十香，應該會有精靈的隔離設施。你還記得〈佛拉克西納斯〉的隔離區嗎？去找找看跟那個類似的設備。』

「原來如此……」

就在這時，士道再次感受到身體被奇妙的飄浮感包覆。不會錯，這是真那的隨意領域。

「真那？為什麼要展開隨意——」

士道沒辦法把話說完。因為他就像被看不見的手推了一把，身體突然被撞飛出去。

剎那間，第一辦公大樓正面入口猛然扭曲歪斜，視野充滿刺眼光芒——捲起了一陣大爆炸。

「什……！」

士道遭到爆風吹襲，滾啊滾的在地上打轉，受強烈撞擊的後腦杓微微發疼。

然而，現在不是為這種事分心的時候。士道倏地抬起頭。

「真那！真那！」

「……在、在，我沒事啦。」

士道呼喚真那的名字，她便從濃密煙霧中衝出來。視線所及之處似乎沒有受傷，看來她是用隨意領域減低了爆炸的衝擊。

不過，真那臉上浮現的不是放心和釋懷，而是緊張與輕微的憤怒之色。

「……妳該不會是……」

真那靜靜呢喃。接著瀰漫四周的濃煙像是分成了兩半，巨大的金屬塊從開了個大洞的研究所內部現身。

猶如巨木的兩門砲身、會誤認為戰車的笨重外形，以及中央背負著上述裝備的一名女子。

士道瞪大雙眼。他曾看過那個裝備。

「那是……〈White Lycoris〉……！」

沒錯。此刻現身於辦公大樓內的，是過去折紙為了殺死琴里而穿上的巨大討伐兵裝。

唯獨一點不同——折紙使用的討伐兵裝是純白如雪的顏色；相對的，現在聳立在士道眼前的機體則染上血一般的鮮紅色彩。

「……你知道得還真清楚呢。不過，有些不同。那是DW-029R〈Scarlet Lycoris〉，是實驗用製造機〈White Lycoris〉的姊妹機。」

真那不吐不快地說完，忿忿不平地皺著一張臉。

「是改變造型嗎？跟白天看到時的印象差滿多的嘛。毀了妳那張可恨的臉囉——潔西卡。」

她說完看向〈Scarlet Lycoris〉的搭乘者。

那是年約二十五歲的紅髮女人，有些像狐狸的雙眸是她的特徵。

不過想要一窺她的全貌十分困難。理由很簡單，因為現在她的手腳、胸部，甚至額頭和臉，全身各處都纏著繃帶。

「啊哈哈！真那、真那。崇宮真那？怎麼樣？怎麼樣呀？我的〈Lycoris〉！這樣我就不會輸了！不會輸給妳！輸給妳這種人……！」

然而滿身瘡痍的女人——潔西卡卻如此說完後放聲大笑。

「妳認識她……？」

「她是我以前的同事……竟然做出這種蠢事。」

真那這麼說完，向前踏出一步。

「——潔西卡！現在請快給我停止〈Lycoris〉！妳很清楚吧！那不是妳能駕駛的東西！」

「啊哈哈哈哈哈！妳在說什麼鬼話呀？我現在樂得很，因為——」

潔西卡視線變得鋒利，將砲口朝向真那。

「我終於……能夠殺掉妳了呀！」

「唔——！」

或許是察覺潔西卡的舉動，真那不動聲色地靠近她，右手的雷射光刃開始蠢動朝目標揮下。

不過，潔西卡似乎也預料到真那這個舉動，以左手裝備的高輸出功率雷射光劍擋下，同時開啟背後的武器貨櫃，射出大量微型導彈。

幾十枚微型導彈在平常無法想像的超極近距離下爆炸。強烈爆風朝周遭展開，視野中瀰漫一片煙霧。

「嗚……嗚哇！」

士道怎麼也無法維持姿勢，被吹飛到後方。接著有一個藍色輪廓和緊追在其身後的巨大紅色機影通過士道的視野之中。

兩名巫師將戰場移往空中，再次展開戰鬥。砲火、彈藥四射，或是刀劍交鋒，陰暗的天空每隔幾秒就會閃耀星星般的魔力亮光。

「唔……」

潔西卡只能交給真那對付了，就算士道強出頭也只會礙手礙腳。

士道如此理解之後便立刻行動。他當場快速起身，朝大樓跑去。

『士道！危險呀！不要單獨行動！等真那打完！』

琴里朝士道怒吼想阻止他。然而，這並未減緩士道的速度。

「要是等真那打完，對方就會鞏固警備！只能現在行動！而且，一個人待在外頭不是反而比較危險嗎！不只有流彈，還有可能被那個叫潔西卡的巫師抓去當人質！我不能扯真那的後腿！」

『或……或許……是這樣沒錯！等等啊……士道！』

士道不顧琴里反對，一腳踏進從內部被破壞得體無完膚的大樓入口。一瞬間，耳麥響起的琴里聲音被沙沙的噪音掩沒，完全聽不見任何聲音。

寬廣的玄關沒有一個人影，取而代之的是裡面散亂的瓦礫阻擋士道前進。崩塌的天花板垂掛著配線外露的照明，偶爾會啪嘰作響迸出火花，詭異地閃爍著。

據令音所說，隔離精靈的設施應該就存在於這棟建築物的某處。士道一口氣爬上樓梯。

「呼……呼……呼……！」

他二樓、三樓、四樓、五樓依序跑上樓梯，雙腳漸漸累積疲勞，呼吸困難得連肺部都疼痛，但他完全不理會這些，繼續往上跑。

——十香，十香就在前方。

讓士道逃走，代替他被捉起來的少女，單獨一人被囚禁在仇視精靈的組織裡。

士道一想到這裡，就沒時間哭訴身體極限如此程度的小事……！

「……！」

就在不知爬到幾樓的時候，士道發現可疑的聲音，皺了皺眉。

走廊前方有兩名男女的身影，而且不是一般職員或研究員。兩人身上穿的接線套裝都是沒見過的設計款式。

或許因為在室內，他們手裡只拿著看似手槍的輕武器，以及小型雷射光刃——無庸置疑，他們是巫師。

「入侵者！」

「喂，你這傢伙是誰！到底是從哪裡——」

「唔……！」

士道屏住呼吸，在走廊上奔跑想逃開兩人。兩名巫師立刻展開隨意領域，以驚人的腳力追著士道，同時響起槍聲，包覆魔力光的子彈盛大地在牆上留下彈痕。

「給我停下來！不停的話我就開槍囉！」

「早就已經開了啦！」

士道尖聲大叫，一邊躲避射向地板、牆壁、天花板的子彈，一邊在走廊上奔跑。

不過，速度的差距一目了然。幾秒後，想必士道進入他們的隨意領域了，只見他的身體彷彿被看不見的手束縛住，被壓制在牆上。

「咕嘎……！」

「受不了……費了一番工夫。這個少年就是襲擊者？」

「怎麼可能。不過，也不能就這樣放過他。」

女人為了壓制士道舉起單手，男人則是將槍口朝向士道。

「唔……」

士道緊咬牙根，扭動身體想擺脫束縛。

「別亂動……沒辦法了，先暫時讓他昏迷一下吧。」

男人說著舉起手靠近士道。

「……！可惡……！我怎麼可以在這種地方停下腳步啊……！」

士道大吼，握著拳頭死命敲打牆壁。

——有沒有……有沒有什麼辦法？

士道在腦中思索。要是他在這裡被抓，就沒辦法去救十香了。

「十香……！」

清晰刻印在記憶裡的十香臉龐，在士道的腦海中一閃而過。

十香。除了五年前的事件之外，那是士道第一次見到的精靈。

在士道開心時跟著一起歡笑；沮喪時默默陪在身旁；迷失方向時出聲激勵。

那天真無邪的笑臉不知帶給士道多少勇氣。而事實上，在狂三和八舞姊妹出現時，曾經搞不清自己該做什麼的士道身旁也總有十香陪伴。

也許會失去十香的……那張笑容。

士道意識到這一點的瞬間，腦海深處感受到一股強烈的疼痛。

「不會讓你們……稱心如意啊啊啊啊啊！」

他發出幾乎要毀了喉嚨的吶喊聲——這一瞬間……

「什……！」

士道聽見巫師們驚慌失措的聲音，視野突然充滿了刺眼的光芒——同時感受到壓制身體的隱形力量逐漸減弱。

瞬間過後，他發現有個異樣的東西像是要擋在他與兩名巫師之間，飄浮在虛空中。

——劍。是一把閃耀著金色光芒的巨大的劍。

「什……這是——〈鏖殺公〉(Sandalphon)……？」

沒錯。十香的天使以極強大威力自豪的劍〈鏖殺公〉。

它現在就飄浮在士道眼前。

「什……什什麼……！」

「天……天使……？」

與巫師們充滿驚愕的聲音相反，士道的內心意外冷靜。

當然也是因為他過去曾經歷過一次〈鏖殺公〉的顯現吧。

不過……重點是為什麼〈鏖殺公〉現在會顯現在士道身邊。理由或許隱隱約約能夠理解。

「是啊——沒錯，去救你的主人吧。」

士道自言自語般說著，伸手向前握住〈鏖殺公〉的劍柄。

因此巫師們晃動肩膀，發射出包覆著魔力的砲彈。

然而面對〈鏖殺公〉，這些舉動根本毫無意義。因為在觸碰到劍的前一刻，砲彈就滋的一聲融化消失在虛空中。

「怎麼會！」

士道不理會對方，高舉〈鏖殺公〉。

當然別說是劍術，他連稱得上是作戰的方法都幾乎一無所知。

實際上就算把槍拿給他，要他「用這個擊倒敵人」，他也很有可能不知道怎麼開槍，把槍當成鈍器使用，導致槍枝走火而自作自受意外死亡。

──不過，世界上……在這世界上有唯一一把……

士道曾接受過最厲害的高手指導的劍。

（──我說過了吧？現在的〈鏖殺公〉是應士道的願望而被召喚出來的。既然如此，那麼能夠實現這個願望的，除了士道以外沒有其他人選。）

過去手持〈鏖殺公〉時，十香對自己說過的話鮮明地在腦海復甦。

（靜下心來，然後努力回想。現在士道想做的是什麼？現在士道所期望的是什麼？屏除其他不重要的瑣事，只要記得一件事，在心裡描繪出願望後揮劍。如此一來，天使一定會回應你。）

心中只要非常強烈地描繪想拯救十香這唯一的願望。

於是〈鏖殺公〉的光芒增強，遵從士道的意志展現力量。

「喝啊啊啊啊啊啊啊！」

帶著裂帛般的氣勢將〈鏖殺公〉一揮而下。結果，光芒在揮劍的同時呈放射狀延展開來，將前方陣地巫師的隨意領域連同大樓牆壁整個吹飛。

「唔……唔啊……！」

一個巫師伴隨著這般痛苦被拋到大樓外。

不過，敵人還剩一人。那名巫師才剛逼近士道，馬上就從腰間拔出雷射光刃砍向他。

「唔……！」

雖然士道在千鈞一髮之際舉起〈鏖殺公〉擋下那一擊，但速度上明顯是巫師略勝一籌。巫師猛然壓低身體，用大刀子朝士道的側腹部刺出，剜挖般施加扭轉力道。

「嗚啊……！」

士道的腹部產生激烈的疼痛，腦袋被視野中火花四散的感覺支配。

不過，士道沒有倒下。

「不要——妨礙我啊啊啊！」

他在顫抖的指尖上施力，就這樣用〈鏖殺公〉的劍柄狠狠敲打鑽進他懷裡的巫師頭部。雖然不是刀刃，但天使本身就是靈力的聚合物，〈鏖殺公〉與隨意領域互相碰撞，產生激烈的火光。

「什麼！」

看來這個反擊出乎對方意料。巫師留下驚愕聲，當場倒地。

「嘎啊……！嗚啊——」

士道皺著臉緊咬牙根，用沒有握〈鏖殺公〉的那隻手拔出肚子上的刀子，大量出血染紅了周圍的地板。讓人不禁想大叫的激烈痛楚朝全身侵襲而來，令他差點就要昏倒。

「嗄……哈……！」

即使士道整張臉汗水淋漓，他依舊撐著身子。魔力消失的刀子被丟在地上，發出喀啷聲響。

同時，小小的火焰舔拭著士道側腹部的刺傷。這是火焰精靈琴里的保護——會自動治療士道傷口的治癒火焰。

可是沒辦法等傷口復原。士道帶著火焰燃燒的腹部，再次邁步向前。

◇

「這……到……到底是發生什麼情況啊！」

ＡＳＴ隊長日下部燎子苦著一張臉，不可置信地看著眼前的情景。

因為鏡山市商業區充斥著ＤＥＭ的巫師與機械人偶，還有好幾個長得一模一樣的精靈〈夢魘〉，宛如戰爭的攻防戰一幕接著一幕展開。

這情景讓人瞬間快要忘記這裡是日本，而且還是商業區正中央。砲彈飛舞、魔力光閃耀，井然有序的街道逐漸變成瓦礫堆。

——原本被命令在原地待命的ＡＳＴ，剛才終於下達了出動命令。

不過那道命令並非討伐操控天宮廣場人們的精靈，而是由於新出現的精靈襲擊ＤＥＭ日本分公司，所以要ＡＳＴ去支援ＤＥＭ。

史無前例地放著天宮廣場的暴動不管，迅速對應大客戶那邊的情況。雖然對這道命令並不是完全沒有異議或怨言，但既然出現精靈，也不能放著那邊不管。燎子與原本待命的ＡＳＴ隊員一同緊急趕到位於鏡山市商業區的ＤＥＭ日本分公司大樓。

她做了一個深吸呼讓情緒冷靜下來，然後對隊員下達指示：

「全體隊員聽令，掩護DEM Industry的巫師，徹底消滅地上的〈夢魘〉……雖然是個令人提不起勁的作戰，但這也是命令，振作起精神！」

「是！」

遵從燎子的指示，身著CR-Unit的ＡＳＴ隊員一一在空中散開。

要說燎子本身對ＤＥＭ沒有不信任感是假的。畢竟對方強硬追加多達十名的要員到ＡＳＴ，而且過去還企圖在一般市民沒有避難的狀態下進行戰鬥。

雖說如此，既然這是高層下的命令，也不能忽視不去執行。如果在這裡感情用事違反命令，

就會讓對方有藉口對高層、AST進行處分。最糟糕的情況——不可否認會有DEM的巫師取代AST的可能性。

而且，還有關於折紙的事。縱然折紙的行動分明是違反命令——但第三戰鬥分隊當時想進行的作戰，危險性也顯然非常高。燎子想以此為武器，設法積極爭取減輕折紙的處分。現在不能落下把柄。

燎子驅動推進器跟隨隊員身後，投身混亂至極的戰場之中。

她利用以隨意領域強化的視力，正確捕捉在狂暴肆虐的爆炎與硝煙中四處飛翔的好幾個黑影，扣下雷射加農砲的扳機。

「嘻嘻……嘻嘻嘻嘻嘻嘻！」

不過〈夢魘〉一個轉身避開了攻擊，也沒反擊，做著小丑般的可笑舉動朝其他地方飛走。那調調簡直像在嬉戲一般。

「這些傢伙是怎樣啊？他們的目的到底是什麼……？」

就在此時，傳來有些奇怪的聲音，燎子挑動了一下眉毛。

「咦……？」

若要比喻，就像是站在強烈颱風中心點那樣的轟隆聲響。還以為是不是有什麼飛機在空中飛，但上空並沒看到類似的東西。倒不如說，基本上響起空間震警報的地方，應該除了自衛隊所屬的飛行機以外，禁止其他飛行機飛行。

不過在一瞬間之後，有某種只能形容為保有自我意識的颱風之類的東西，彷彿要直線橫向穿越燎子的視野，捲起強烈風勢通過。

「什……！」

她下意識提高隨意領域的密度。受到那風團的風勢影響，好幾名巫師、人偶和〈夢魔〉失去平衡，被吹到旁邊。

「剛才的是……什……什麼？」

由於事發突然，燎子沒看清楚它的真面目，只是不停眨著雙眼。

然而，下方有漆黑子彈近逼而來，燎子將注意力轉回戰場上。她用提高密度的隨意領域彈開子彈，架著雷射加農砲狠狠瞪著地上。

雖然好奇風團的真面目，但現在必須先想辦法解決〈夢魔〉。燎子驅動推進器，再次投入巫師與精靈的混戰之中。

◇

「咕啊……！」

握著〈鏖殺公〉的手感受到像是肌肉纖維被扯斷的疼痛。接著，手臂順勢被火焰灼燒般的熱度侵襲——手上的劍快失手掉落、岌岌可危的時刻，治好了手部的肌腱。

好不容易打倒巫師們，在大樓中前進的士道以琴里的保護能力一邊讓因操作〈鏖殺公〉所產生的身體損傷復原，一邊繼續戰鬥。

使用超越人類智慧力量的代價，就以超越人類智慧的力量奉還。

不過，人類的身體不可能一再忍受如此殘酷的循環。在接連現身的巫師們面前，回復能力漸漸無法追上戰鬥——士道終於被逼到牆邊。

「唔……」

既使想揮舞〈鏖殺公〉，手臂也使不上力。縱然費盡力氣總算沒有讓劍掉落，但士道全身的骨頭和肌肉都發出悲痛的慘叫。

士道緊咬牙根看向周遭。

手持槍枝的巫師有三名，隨後趕上他們的五名同樣也是巫師。總計八名人類包圍著士道。

「真是難纏啊，不過結束了。」

巫師手托著槍說道。同時，士道突然感到呼吸困難。

「啊……嘎……！」

恐怕是對方用隨意領域塞住士道的口鼻，或是降低他周圍的氧氣濃度所致吧。即使不使用槍枝等武器，只要是極近距離的人類，他們似乎可以輕易捕捉到。

就算士道試圖反抗，這次卻連手腳也變沉重，跪倒在地上。

「咕……嗚嘎……啊……啊……！」

視線模糊，意識逐漸蒙上一層煙靄。

「十……香……」

——然而，就在士道的意識即將被黑暗吞沒時……

倒臥在地上的士道背後傳來「啪嘰」一聲東西龜裂般的聲音。下一瞬間，並排在走廊上的玻璃窗一口氣碎裂，碎片如雨傾瀉而下。

「嗚哇！」

手托著槍的巫師發出慌亂的聲音。

但異常並沒有就此結束。強烈的風壓從碎裂的窗戶襲來，輕易吹飛士道眼前的三名巫師。

「什……！怎……怎麼會有這種蠢事，隨意領域被——」

士道感覺周圍的氣溫一口氣下降。

沒錯，甚至讓人有種周圍是不是瞬間變成冷凍庫的錯覺。

不過看來這並不是差點失去意識的士道感受到的幻覺。前方傳來巫師們的慘叫聲。

「這……這是……」

「連隨意領域都一起逐漸被凍結了……！先暫時解除隨意領域吧！」

「了……了解！」

才剛聽到這種聲音，士道便感受到加諸自己全身的重壓及呼吸困難的感覺，如同虛幻一般消失了。

「咦……？」

士道直眨著眼睛，環顧數秒間樣貌全然改變的景色。

窗戶被吹走、寒流來襲，直至剛才還以壓迫性的視線看著士道的巫師們一副不知道發生什麼事的樣子，陣腳大亂。

不過下一瞬間，士道全部理解了。

「哼，真是沒用呢～～」

穿著華美閃亮靈裝的美九從碎裂的窗戶現身，降落在走廊上。

同時輕快地踏著「噠噠」的步伐。

「〈破軍歌姬〉——【獨奏(solo)】！」

接著從那裡出現一根銀色的細長圓筒。看來似乎是那台巨大管風琴的一部分。

銀筒的最前端朝著美九的方向彎曲。

那副模樣簡直就像演唱會時會使用的直立式麥克風架。

「————————————————！」

美九朝著那裡發出會讓人不禁聽得入迷的美聲。

那聲音通過圓筒的內側，經過好幾次的回響傳遍四周。

下一瞬間，聽到美九歌聲的巫師們一齊解除武裝，整齊列隊排在牆邊。

「美九！」

士道一叫喚她的名字，她便看似很不高興地「哼」了一聲，撇開視線。

「可以請你不要那麼隨便地叫我的名字嗎？用從你的喉嚨發出的聲音、舌頭發出的音調叫我，光是這樣就會在我可愛的名字上累積擦也擦不掉的污穢～～」

還是一點也沒變。她用不適合她那張可愛臉龐的毒辣謾罵，刺痛士道的心。

往窗外看去，可以看見顯現天使的四糸乃與八舞姊妹的身影。或許是她們將美九運送到這層樓了吧。

「姊姊大人……我們該做什麼？」

四糸乃緊抓著巨大兔子布偶的背如此說道，美九原本朝士道露出的苛刻表情瞬間化為微笑，面向四糸乃說：

「嗯嗯，讓我想想～～四糸乃和耶俱矢、夕弦妳們的天使在大樓裡面應該滿擠的……這樣好了，妳們去擊退外面的巫師，讓他們不要來妨礙我們。」

美九豎起一根手指，同時眨了眼睛。結果，這次換八舞姊妹出聲了。

「呵呵，原來如此呀。那麼吾等就先去將姊姊大人的歸途清掃清掃。」

「擔心。不過，夕弦等人不在真的沒關係嗎？」

「啊哈哈，就算對方再怎麼強終究也只是人類吧？怎麼贏得了我這個精靈嘛～～」

美九爽朗地笑了。三人剎時妳看我我看妳，然後輕輕點點頭。

「既然姊姊大人都這麼說了……」

「呵，遵命！請放心交給吾等，吾保證會從這棟建築物筆直鋪上天鵝絨地毯！」

「了解。全部都遵照姊姊大人的願望。」

「喂、喂，四糸乃！耶俱矢！夕弦！」

就算士道叫喚三人的名字，她們也聽不進去，急驅著天使往各自想去的方向飛去。片刻之後，可以看見冷氣的洪流和風團在巫師和狂三們的戰場上狂暴肆虐。

美九一臉滿足地確認了這個情景之後，再次將臉轉向士道。

「美九……妳到底為什麼會——」

士道說到這裡，恍然大悟般瞪大雙眼。

「難不成美九……妳……是來履行那個約定……？」

「……！」

美九聽了一臉不悅地皺著臉。

「請你不要誤會好嗎？某個討厭的想自殺的人自顧自地喋喋不休，撂下連胡言亂語都談不上的令人不悅的詭異聲音，我一點～～～～都不在意好嗎～～我會來這裡，是因為想將另一個精靈納入我的收藏品行列～～」

「美九……」

士道輕輕呢喃這個名字，就這樣低下頭。

「抱歉，感激不盡……！」

「哼！我就說你沒必要向我道謝啦～～我是照自己的意思要來帶十香走……你要不知羞恥地跟上來是你家的事，不過請你盡可能不要進入我的視野～～」

美九瞥了士道一眼後，在走廊上大步前進。士道見狀連忙跟在她身後。

第九章　魔王

真那的視野中充滿了無數的微型導彈。

當然，在人類如此密集的空域發射這麼大量的砲火，被擊中的不只有目標。在四周飛翔的DEM巫師和〈幻獸・邦德思基〉也遭到砲擊，往地面墜落。

「……妳竟然把自己的夥伴……！」

「哈哈哈哈哈！廢物！」

背負巨大紅色機體的潔西卡一副不打算理會真那叫喊的模樣，張口高聲大笑。

「看來……妳連正常的判斷力也喪失了呢。」

真那一點一點驅動推進器在空中以Z字形飛行，忿恨不平地深鎖眉頭。

每一擊威力都十分強大，要是稍有閃神，恐怕會損害自己的隨意領域。如此濃密的魔力就灌注在導彈、魔力砲和雷射光劍當中。

潔西卡的腦子恐怕被施予了某種魔力處理。

——真那花了好幾年施予全身的同類東西，她在這麼短的時間內就完成了。

「唔——」

真那不知道究竟該做什麼，才能在不到一天的時間內完成如此驚人的強化。不過，這種行為會對術者的身體造成多麼嚴重的影響，她倒是輕易就能想像。

事實上，潔西卡身上已經開始出現那種影響。或許是難以一次思考多樣事物，潔西卡只專心致力在打倒真那這件事上，也不在意攻擊波及同夥，胡亂發射砲彈。情況嚴重時，甚至還炸毀了聳立在附近的DEM設施一部分。

「咕——」

『真那！我們掩護妳！快閃開！』

此時琴里的聲音透過耳麥在真那耳邊響起。

下一瞬間，空中突然產生小型的隨意領域，擋下追逐真那的導彈，導彈在空中爆炸。

而爆炸產生的爆風引起密集靠近的好幾枚導彈接連爆炸。劇烈的光芒就像燒焦的煙火，照亮附近的夜空。

看來琴里將傳送到這裡的〈世界樹之葉(Yggd Folium)〉水雷化，擋下導彈。

「多謝啦，得救——」

簡短道謝到一半——不過真那沒說完便翻了個身。

下一剎那，一道冷氣洪流筆直穿過剛才真那待著的空間。

「這是……！」

瞬間還以為是潔西卡不死心又射擊了魔力砲……不過不是。真那往下方看去。

那裡有一名身穿女僕裝的少女緊抓著巨大的兔子布偶。

「〈隱居者〉……不對，四糸乃……！」

「這是姊姊大人的……命令。巫師全都要……打敗。」

「好～～就是這個氣勢，四～～糸乃！好耶！也把那個巫師冰起來吧！」

「嗯……！」

四糸乃與巨大的兔子〈冰結傀儡〉對話後，一邊飛舞在天空一邊在空氣中製造出好幾條冰柱，朝真那射去。

「喂……！」

真那連忙扭轉身子，不是躲開近逼而來的冰柱子彈，就是用右手的雷射光刃將它打落，同時快速飛在空中。

不過，這次從上方襲來強烈的風壓，像是要妨礙她的行動。真那苦著臉將隨意領域轉換成防禦性質，好不容易穿過那道風壁飛向上空。

「呵呵，什麼嘛，挺有一套的不是嗎！跟在那邊蠢動的巫師群不同呀。」

「警戒。耶俱矢，小心點。我記得她好像是士道的妹妹。聽說她技術相當了得。」

手裡各別握著長矛與靈擺，樣貌極為相似的兩名少女謹慎地看著真那。

「原來是……八舞姊妹呀。」

真那如此說完，舔了舔嘴唇。有一點汗水的味道。

話說回來，她們也被精靈〈歌姬〉操控了。剛才聽說〈佛拉克西納斯〉的雷達掃描到應該屬於八舞姊妹的風團朝第一辦公大樓前進，看來四糸乃也跟著一同前往。

雖然不明白她們為什麼會來到這種地方，不過現在沒有時間慢慢思考這個問題。因為在對付她們的這段期間，紅色影子以衝破導彈爆風之姿逐漸追上了真那。

「開玩笑……！」

要是普通的對手就算了，現在潔西卡的頭部被弄得一塌糊塗，魔力提高到足以與真那抗衡的地步。若是再加上三名精靈，就算真那再怎麼強，也會陷入嚴苛的苦戰吧。

「唔——要甩掉潔西卡……應該不太可能。得將四糸乃她們的注意力轉移到別處……！」

真那在前方的空域發現了巫師集團。

那一團巫師身著與DEM巫師不同類型的接線套裝。可能是被呼叫過來支援，是自衛隊AST的成員。

「啊——！」

真那在裡頭發現熟識的臉孔，不禁瞪大雙眼。

「——隊長！」

「咦……？唔，妳是——真那！」

AST隊長日下部燎子露出一副意外的表情回應。

「妳到底為什麼會在這種地方——」

「有話待會再說！交接！」

「啥？」

「那些孩子們就交給妳囉！」

語畢，真那驅動推進器直直衝過AST隊員們之間。或許是被那陣風壓掃到，隊員們驚嚇地睜大雙眼。

不過真正嚇壞她們是在片刻之後。也難怪她們會嚇到，畢竟〈隱居者〉和〈狂戰士〉同時猛衝過來。

「嗚……嗚哇！全員應戰！A班對付〈隱居者〉，B班對付〈狂戰士〉！」

「了……了解！」

然而，真不愧是隊長，在霎時之間也能冷靜對應，迎擊三人。

也許是察覺受到攻擊，四糸乃、耶俱矢與夕弦三人也將目標從真那轉移到AST隊員們。真那以眼角餘光確認這件事後，脫離了那片空域。

然而原本就不存在可以讓人喘口氣的時間，只不過是讓差點往最壞方向發展的現狀，勉強維持住罷了。

從後方迎頭趕上的潔西卡連看都不看精靈們與ＡＳＴ隊員，將巨大的二門魔力砲朝向真那。

「真——那——！」

「真纏人耶……！」

真那煩悶地皺起眉頭，再次咂嘴說道。

不過那一瞬間，有一股像是用冰冷手指撫過背脊般的感覺朝真那襲來。

「——！」

剎那間還以為是四糸乃和八舞姊妹再次攻擊過來。然而——並非如此。那種感覺是大範圍展開隨意領域的巫師們接近時，互相侵蝕到彼此的隨意領域的感覺。

「唔……！」

意識到這一點的同時，真那連忙轉過身採取迴避行動。

下一刻，一把應該有真那身高那麼長的雷射光劍，劃過她原本待著的那個空間。

「——哎呀，被妳閃過了呀，反應真快。」

語畢，不知何時出現在真那背後的少女悠然揚起上巴說道。

飄在空中的柔順金髮以及一雙碧眼。穿在淺色肌膚上的，是白金色的CR-Unit。

真那屏住呼吸——DEM Industry自傲的最強巫師艾蓮・M・梅瑟斯就在那裡。

「艾蓮……！」

「我聽說多名襲擊者當中混進了一隻大老鼠……原來就是妳呀，真那。」

艾蓮說著對真那投以輕蔑的視線。

「真可惜，我還認可妳在DEM當中是僅次於我的實力者呢。」

「哈……！少在那裡胡扯！隨便操弄別人的身體。」

真那不吐不快似的說完後，艾蓮的眉尾抖了一下。

「……原來如此，妳知道得那麼深入了呀。看來妳是真的被〈拉塔托斯克〉撿去了呢。」

「哼，看妳一點都不驚訝的樣子，應該也是共犯吧。如果照我理想中的劇本走，知道真相的妳會痛改前非，跟我一起打倒社長。」

「很遺憾，我不可能背叛艾克。」

「……我想也是。」

真那忿恨地皺著眉嘟囔——老實說，不想對上的女人出現了。亞德普斯序號的頂點，自己和他人都認可的世界最強巫師。雖然身著〈拉塔托斯克〉的CR-Unit〈Vánargandr〉，但誰都不能保證真那能夠戰勝。

而且現在——

「消失吧！〈Blaster〉！」

潔西卡如此吶喊，瞄準真那的背，從二門的魔力砲釋放出驚人的魔力洪流。

「唔……！」

就算真那展開了隨意領域，若是被〈Lycoris〉的魔力砲直接擊中也不可能毫無損傷。真那扭過身軀，讓魔力砲滑過隨意領域的表面將衝擊降到最低，並往後退開以將艾蓮和潔西卡兩人納入自己的視野內。

右手邊是身穿白金色鎧甲的最強巫師。

左手邊則是背負緋紅色戰車的最狂巫師。

「雖然我對於二對一不是那麼有興致——但這既然是艾克的意思，我也無可奈何，就速戰速決吧。」

「啊……哈、哈哈哈哈，真那、真那，終於把妳逼到絕路了。真——那——」

「嘖……」

真那被兩道視線狠狠瞪視，忿恨地咂嘴。

◇

「——那麼，十香在哪裡呢？在這麼寬闊的建築物裡像隻無頭蒼蠅一樣四處亂走也只是浪費時間～～」

「呃，那個……」

美九在走廊上前進並如此問道。然而，士道並不知道具體的場所。只見他尷尬地含糊其詞。

「什麼？這種事你查都沒查就闖進來了嗎？咦？難道你肩上像泥娃娃一樣醜陋的那團東西裡塞滿了煮爛的烏龍麵嗎？」

「唔咕……」

確實被她說中了。士道不禁語塞。

「可……可是，那種事不是那麼容易就可以查到的吧……！」

「哦……你是這麼想的？」

美九此時「喀」的一聲發出特別響亮的腳步聲停下來，望了一眼聽了她的歌聲而整齊排在牆邊的ＤＥＭ巫師們。

然後從當中選出一名年輕的少女，彎彎手指叫她過來。

「那邊那個，請過來這邊一下～」

「是……是的，姊姊大人！」

少女巫師一臉緊張地走到美九身邊。美九以一種媚惑的手勢抬起少女的下巴。

「欸……請告訴我，十香現在被關在哪裡呢？」

「那……那是……機密……」

「如果妳不告訴我，我可會討厭妳喲～」

「怎……怎麼可以！姊姊大人！」

美九輕輕笑著說完，巫師一臉泫然欲泣的表情緊抓著美九。

「在十八樓的隔離區！只要用這……這個ＩＤ就可以進去！所……所以，姊姊大人！妳大發慈悲……大發慈悲呀！」

「呵呵呵，我喜歡老實的孩子喲～」

美九接下少女送上的ＩＤ卡，豎起一根食指碰了一下自己的嘴唇，接著觸碰少女的唇。

「啊！啊啊……！」

少女發出彷彿要上天堂的恍惚聲，當場無力跌倒在地。看來她好像因為太激動而昏了過去。

站在周圍的巫師們，有人一臉羨慕地忸忸怩怩，有人則是做出像是緊咬手帕的動作。因為連男人也做出那樣的舉動，讓人有些不舒服。

不過，美九一點也不在乎那些信徒的反應，一臉得意洋洋地對士道投以鄙夷的視線。

「如何呀？方法要多少有多少喲。」

「……真是佩服。」

照理來說，士道本來應該像天央祭時那樣，指責隨意玩弄人心的美九才對，不過現在的狀況又是另外一回事。士道帶著一種無法言喻的複雜心情，搔了搔臉頰。

不過這麼一來，就同時得到十香的所在地與到那裡所需的鑰匙了。士道微微點了點頭，握著拳頭朝往上的樓梯看去。

「好，那我們走吧，美九。」

「就說了，請你不要擅自弄得好像是我在幫你一樣好嗎？你懂嗎？我只是想把十香納入我的陣營罷了。我和你可是敵人喲！」

「我……我知道啦。」

雖然也不是沒有想過各種可能的地方，但要是沒有美九，士道根本連十香被關在哪裡都不知道，這點也是不爭的事實。於是士道只好乖乖跟在再次邁開步伐的美九後頭。

他們又爬上了樓梯，不知走了多久，前方又出現了穿著接線套裝，裝備著近身武器和輕武器的數名巫師。

美九這個不合常理的存在或許已經傳開了吧。巫師們的裝備比對付士道一人時還要充足，表情也充滿了緊張。

「射擊！不需手下留情！」

伴隨著應是隊長的巫師一聲令下，他們手持的武器射出好幾發子彈。

然而此時，美九才吸了一大口氣——

「哇！」

下一瞬間，一股具有質量的聲音就響徹自己的前方。

逼近美九和士道的子彈被看不見的音牆彈開，一一射進牆面和地板。巫師們一齊發出驚慌的聲音。也許是因為聲音有方向性，空氣的振動甚至傳到士道這裡，令他下意識遮住耳朵。

「啊哈哈，你們想用那種攻擊阻擋我嗎？還真是小看我呢～～」

美九笑著說道，巫師們各個表情因恐懼而扭曲，屏住呼吸。

不過剎時間，走廊後方也出現了兩名巫師，手持槍枝瞄準美九的背後。

「美九！」

士道大喊，用雙手揮下〈鏖殺公〉。刀身滿滿散發的光芒像是描繪出揮劍的軌跡般飛散出

去，將巫師們連同隨意領域整個吹走，好幾發射擊出來的槍枝子彈四射到天花板。

「唔啊——」

不過在釋放〈鏖殺公〉斬擊的瞬間，以士道握著劍柄的手為中心點，激烈的痛楚竄向全身。

士道不禁當場跪下。

「唔啊——」

「喂，你怎麼了！」

看來美九是收拾掉前方的巫師了，只見她蹙眉大喊。然而對現在的士道而言，連回應美九的餘裕都沒有。

多次揮舞對人體負擔過於沉重的精靈之劍——天使〈鏖殺公〉的代價，似乎超越想像地侵蝕著士道的身體。宛如全身骨頭有針刺出，從內部撕裂肉體的激烈痛楚侵襲士道。

然而，寄宿在士道體內的琴里力量似乎還沒有捨棄他。心臟深處產生有如點燃火苗的感覺，那個熱度也同時緩緩蔓延到身體末端。士道明白火焰正在治癒他從外表看不出的肌肉、骨頭和臟器的損傷……當然這粗暴的治療是伴隨著地獄般的高溫。

「唔……咕……」

話雖如此，也不能抱怨。士道強忍著幾乎要昏過去的痛楚當場起身，在走廊上拖著〈鏖殺公〉的劍尖，好不容易再次邁開腳步。

或許是看到士道這個樣子，美九忿忿地「哼」了一聲。

「……真狼狽呢～～為什麼都到這種地步了還要努力下去？」

「我說過了吧……我必須去救十香。只要不知道十香在我拖拖拉拉的期間會遭受什麼樣的對待……我就沒有時間停下腳步——」

士道說完握起拳頭——此時傳來的痛楚令他皺起臉。

「唔……」

美九抖了一下眉毛，故做充滿厭惡感的表情。

「啊～～啊～～啊，還真是令人發冷呢～～那是什麼呀～～是對要去救悲劇女主角的自己感到陶醉嗎？你也已經不是憧憬正義英雄的年紀了呢～～」

美九嘲笑般聳了聳肩繼續說：

「啊哈哈，難不成是這麼回事嗎？因為說出十香比自己的性命還重要，所以才下不了台？沒有關係啦～～我非～～常了解人類的醜惡，事到如今也不會感到失望。」

「…………」

不過士道並沒有反應，只是默默走在走廊上。

「喂！你幹嘛不理我呀！」

美九似乎很不滿士道這樣的態度，聲音變得粗暴，追到士道的前面——然後像是靈機一動似

的「啪」一聲敲了手。

「——啊啊，對了。要不然這麼做吧。你現在就在這裡說你要放棄十香吧～那麼，我就用我的『聲音』命令你喜歡的女孩子當你的奴隸，看你要多少有多少，如何呀？她們絕對會服從你說的話，什麼事都會為你做喲。呵呵呵，這事不壞吧。」

美九像是在誘惑他一樣對他說道。士道抖了一下眉毛。

不悅感在他心裡蔓延開來。現在惹怒美九不是一個好計策——這種事士道比誰都清楚，但是唯獨剛才的發言，他絕對無法原諒。士道狠狠瞪著美九開口：

「……別開玩笑了！沒有任何人可以代替十香！」

「……！」

士道表情嚴肅地如此說道。美九微微顫了一下肩膀，貌似十分生氣、語氣強硬地回答：

「哼……哼！我看你要愛面子到什麼時候！反正你們所謂的『喜歡』或『重要』之類的，不過就是這種程度的東西吧？我都說要幫你準備代替品了，這樣應該就夠了吧！為什麼還要這麼堅持呀……！」

美九以強迫的語氣回應士道。若要說她只是想迷惑士道，這口氣未免太不從容了。簡直像是在想著如果士道不答應這個條件，自己就會被否定一樣。

「妳誤會了。人類並非都是那種人——」

「吵、死、了——！人類不過就是我的玩具！男人是奴隸！女孩子則是可愛的娃娃！人類沒有超越這之上的價值！」

美九斷然大吼。

「美九，妳……」

士道皺起眉頭，腦海裡突然掠過在狂三的影子中沒機會問她的話。

「為什麼——妳為什麼那麼討厭男人！為什麼要把女孩子當物品一樣看待！為什麼要把人類看成那副德性……！」

「哈！這還用說嗎？人類不過就是這種程度的——」

「——明明……妳也是人類……！」

士道像是要打斷美九一般直截了當地說了。

美九語塞，屏住呼吸。

「——！」

她驚愕地睜大雙眼看向士道；士道則直盯著她那雙眼睛繼續說：

「〈幻影（Phantom）〉——像雜訊一樣的『某種東西』，給予了原本是人類的妳精靈的力量……不是這

樣嗎！」

「……！」

美九的肩膀顫抖了一下。但她——並沒有否認。

狂三在前往這裡的途中告訴士道的，就是這件事。

這是從在美九家中發現的東西——以不同名義發行的ＣＤ，以及年幼的美九和應是她父母的男女合拍的照片讀取出來的情報。

美九——和琴里一樣，是被某個人變成精靈的人類。

而且過去曾以另一個名字當偶像，從事演藝活動。

「……你為什麼會知道那個……」

美九以銳利的眼神狠狠回瞪士道。這便是最好的回答。

「我認識的人當中有個情報通。」

沒必要詳細說明狂三的能力，士道把話說得曖昧蒙混過去。

話雖如此，其實士道也並非知道一切事實。狂三從照片和ＣＤ讀取到的多是片斷的資訊，至今還不了解的事就像山一樣多。

沒錯……如果美九原本是人類……

——為什麼只能將同為人類的人當物品對待呢？

不僅討厭男人，連喜歡的女孩子也只會用像在疼愛骨董娃娃的方式對待。沒有打算將人類當作和自己一樣的生物看待，讓人感到非常不對勁。

當初士道以為美九的這種行為是因為天生擁有能讓人言聽計從的「聲音」，令她產生扭曲的價值觀所致。

然而——如果美九原本是人類……

如果她十多年來都在人類社會過生活……

那麼究竟是發生了什麼事，令她對人類抱有如此冰冷的感情？

「不是……同樣都是人類嗎？那麼就應該更——」

士道話才說到一半，美九就狠狠回以銳利的視線。

「別開玩笑了……你……你又懂什麼了！」

美九忿恨地怒吼。士道緩緩開口：

「美九……妳以前到底發生過什麼事？」

「……哼！為什麼我要說那種事。」

「美九。」

士道像在逼問她一般說道。美九似乎覺得很麻煩地嘆了口氣。

「你很煩耶，哼……」

接著——她用冷冷的語氣開始述說。

◇

——我只能唱歌。

這是美九即將滿九歲時便已感受到的事。

不論讀書還是運動，都是直接倒數回來比較快，畫畫和工藝也不是特別拿手。小學時期的聯絡簿上只得到一個「做得很好」的評語，這一點即使升上國中也絲毫沒有改變。

不過，美九還有歌唱。她比班上任何人唱得都還要好、還要優美。

一開始的關鍵是什麼呢……對，記得是在幼稚園的園遊會上，老師稱讚美九唱歌唱得很棒。

那對年幼的美九來說是件非常開心的事，心情簡直像是得到誰也沒有的閃閃發光的勳章一般驕傲。

這樣的美九會開始嚮往電視上又唱又跳的偶像，或許是理所當然的結果吧。

在華麗閃亮的舞台上跳舞、唱出可愛歌聲的女孩子們令年幼的美九十分沉醉。甚至不僅歌詞，她連舞蹈動作都記得滾瓜爛熟，令父母嚇了一大跳。

然後美九十五歲的時候在選秀會上得到評審的關注，以宵待月乃之名成為朝思暮想的偶像光榮出道。

那時的喜悅簡直難以形容。自己能夠站在一直嚮往的那個地方，能夠將自己的聲音、歌曲讓許多人聆聽。光是這麼想，眼淚就自然奪眶而出。

工作當然不能跟現在比，不過很順利，沒有遇到什麼挫折。ＣＤ唱片也慢慢擠進了排行榜，演唱會的觀眾開始增加。

粉絲有九成以上都是男性，雖然現在回想起來會直打冷顫……但對當時的美九而言，大家都是說喜歡自己的歌曲、十分重要的歌迷。

她雖然也喜歡錄製唱片和廣播，不過最快樂的還是開演唱會。

那是最能感覺到自己的歌聲正傳達給大家的實際感受。

大家都稱讚美九的歌聲。

大家都說最喜歡美九。

別在胸口的閃亮勳章又更美麗地閃耀著光輝。

原以為這樣如夢的時光會永遠持續下去。

——然而，終焉輕易就來臨了。

那是美九出道一年左右的時候發生的事吧。在稍微打出知名度時，事務所的經紀人提到「某電視台的製作人很喜歡妳」，還有「如果和對方打好關係，可以變成黃金時段節目的固底班底」之類的話。

雖然沒有明說，但簡單來說就是「那種勾當」吧。

當然，美九鄭重地回絕了這種事。

她之所以會想成為偶像，並不是想上電視，而是想讓大家聽見她的歌聲。

然而，過了一陣子。

自己沒有做過的醜聞卻刊在照片週刊雜誌上。

內容寫了些什麼……由於美九太過震驚沒有細讀，不過記得是寫一些有關過去的男性關係、墮胎經驗、沉溺吸毒派對等這種令人不禁皺眉的內容。

事後才得知似乎是之前那個製作人參了一腳。他也和美九的事務所社長交情頗好——美九就這麼簡單地失去了在公司的容身之處。

不過美九忍受最多的是歌迷……不對，是以往認為是歌迷的人們的反應。

至今對自己說了一堆「我最喜歡妳」、「我愛妳」、「為了妳我死也甘願」這種話的人，態度突然一百八十度大轉變。

比起美九說的話，他們更相信不知從哪裡來的人傳的謠言，這讓美九很難受。

（──欸，妳跟之前的男友做了幾次？）

（墮胎，就是指殺了小孩吧？明明是殺人犯，還在幹什麼啊？）

每當部落格上寫了這種留言……

每當歌迷大量減少的握手會和簽名會上，有人對她說這種無情的話……

美九的心便逐漸憔悴。

即使如此，美九依然沒有放棄。

沒錯。美九有歌……還有歌可以唱。打從一開始，她就只擁有唱歌這件事。

不管聽進什麼樣的傳言，只要願意聽我唱歌一定就能理解。

我的歌有這樣的力量。

這種毫無根據的自信還留在內心某處。

於是美九再次站上演唱會會場的舞台。

可是，失敗了。

聚集在會場的人們看起來就像是某種跟自己不同的可怕生物，有別於緊張的另一種悸動支配著身體。

然而，不得不唱。如果不唱歌就什麼也無法開始。

曲子開始播放，美九將麥克風靠近嘴邊，震動喉嚨。

然而——

（……！……！）

——從美九喉嚨發出的只有咻咻的空氣聲。

之後去醫院檢查的結果，診斷是心因性失聲症。

就這樣，只擁有歌唱的宵待月乃的人生輕易迎向終結。

只擁有歌唱的女孩子一旦失去聲音，就再也沒有存在的價值。

這種事她很久以前就知道了。在快滿九歲的時候就已經有所體悟。

所以那樣的美九會開始考慮自殺，也是極為理所當然的事。

什麼方法都行。上吊；或是服用大量的安眠藥；電車進站時衝出去讓電車撞也可以；只是用

剃刀割手也無所謂。只要這種小小的舉動，應該就能輕易處理掉沒有價值的孩子。

不過，就在美九想進行這些行動的時候……

「神」出現在她的面前。

（──對人類失望的妳，對世界絕望的妳。欸，妳想要力量嗎？想不想要～足以改變世界的強大力量？）

◇

「我──曾經失去過一次。因為心因性失聲症，因為那些醜陋的男人害得我──失去聲音……失去比性命還重要的這個聲音……！」

這吐露感情的獨白，美九現在也以一副泫然欲泣的表情說著：

「我好幾次都想要自殺。不過，那時『神』出現……賜予我現在這個『聲音』！一旦唱歌就能虜獲人心的這個最棒的『聲音』！」

那個「神」恐怕就是賜予琴里靈力，真面目不明的精靈〈幻影〉吧。

「……原來是這樣啊。」

士道覺得不把人當人看的美九十分奇怪。

價值觀、生死觀都和人類天差地別，甚至到了感到憤慨的地步。

在美九家裡找到之前所說的照片和CD，發現美九過去或許有可能是人類後，那股異樣感便更加膨脹擴大。

可是——不是這樣。

當然士道完全不打算肯定美九對待人類的方式。他終究無法認同以帶有靈力的「聲音」逼迫人類順從自己，裝出一副女王模樣的做法。

可是，並不是這樣。美九並非只把人類看作比自己還低劣的東西——

她非常害怕、非常害怕以對等的關係對待人類。

如果相信對方，一定會遭背叛。

如果託付對方，一定會遭捨棄。

如果依賴對方，一定會遭欺騙。

所以……打從一開始就不要抱持任何期待。

讓人類和自己保持距離。

把人類理解成和自己不同種類的存在。

不管自己有什麼樣的事也絕不交託人類。

這是曾經對人類感到失望，導致失去重要聲音的她下意識的防衛手段。

因為拒絕成為自己的東西就捏造醜聞找美九麻煩的製作人，以及隨之起舞而傷了美九的歌迷們——美九輕視、拒絕這種自私的男人。

她甚至也無法對女性敞開心房，只能將她們當作不會背叛自己的可愛娃娃看待。

「所以，我最討厭男人了！卑劣、骯髒又醜陋——光看就想吐！」

美九惡狠狠地說道：

「女孩子也一樣！只要有聽話又可愛的女生在，根本就不需要其他女生！其他人類全都……全都死掉最好！」

「……！」

美九的吶喊令士道屏住氣息。

他確實能理解美九的苦惱。失去重要的聲音，想必非常痛苦吧。

可是——

「妳這樣想是……不對的！我覺得妳的遭遇很可憐……！那個製作人和寫報導的記者令人火大！也很氣那些態度一百八十度轉變的歌迷們！可是，就算這樣，也沒必要連其他的人類一起討厭吧！」

「你說什麼……！給我閉嘴！男人都一樣！」

「不要，我要說！難道真的沒有一個人願意聽妳唱歌嗎！也有不受醜聞影響，期待妳歌聲的人存在吧！」

「那……那種人——！」

這一瞬間，走廊前方傳來好幾人的腳步聲。立刻出現了好幾個拿著槍砲的巫師們。

「找到了！是入侵者！」

「小心點！有一個是精靈！」

「……！」

士道屏住呼吸，手持〈鏖殺公〉備戰。

看來琴里的火焰似乎讓士道的身體恢復到勉強能揮劍的程度了。雖然依然會疼痛，但不至於倒下。

雖然敵人就在眼前，士道依然瞥了一眼美九。

現在必須打倒這群巫師。不過這是美九第一次向士道這麼深入地吐露自己的過去，要是錯過這個機會，感覺又會回到原點。

巫師一齊發射砲彈。然而，這些砲彈被美九發出的聲音障壁彈開。

士道趁隙揮劍釋放靈光，同時吶喊：

「美九——妳在自己的心中捏造出恐怖人類的幻想！妳用那個『聲音』，大家都會聽妳的話。所以讓那個幻想變得更龐大——反而讓妳更害怕跟真正的人類說話！」

美九聽了回答「什麼！」，發出了難以置信的聲音。

「害怕……！你為什麼偏偏要這麼說……你是說我在害怕人類！話說回來，現在正在戰鬥吧！幹嘛說這些有的沒的——啊啊啊啊啊啊！」

美九話才說到一半，又有巫師發射的砲彈近逼而來。美九提高對士道說話的音量，再次做出聲音障壁擋下砲彈。

「管它是不是在戰鬥！不論幾次我都要說！因為妳一直被只肯定妳的人類包圍，所以害怕跟真正的人類說話！可是——即使妳這麼抗拒人類，內心某處應該還是想好好跟人類說話才對！」

「亂說什麼……！你這種人懂什麼啊！」

美九大聲吼叫；士道揮舞〈鏖殺公〉。

兩人一邊大聲爭論一邊擊潰時而出現的巫師，在走廊上前進。

「我懂！因為……就是因為這樣，妳才會想得到不會被自己的『聲音』操控的人類——『五河士織』不是嗎！」

「……！」

美九屏住吸呼，表情扭曲。

沒錯。美九嘴上說只需要對自己言聽計從的人類，卻異常對士織展現出執著的態度。

「那……那種事——」

「而且妳得到『聲音』再次出道的時候，不是用『宵待月乃』或是新藝名，而是使用『誘宵美九』這個本名對吧！難道妳……不是想讓人知道嗎！自己就存在於這裡！想得到認同對吧！不是別的，而是想得到人類的認同……！」

「唔咕咕……」美九滿臉通紅，一邊在走廊上前進一邊發出歇斯底里的吼叫聲。

「吵、死、人、了————！閉嘴閉嘴閉嘴————！說得一副你很了解的樣子！笨蛋！白痴！蠢蛋————！」

後半段好像已經變成只是在罵人了。不過，那個聲音似乎含有濃密的靈力，只見前方現身的巫師被隱形障壁推開，彈到後方。

「我……我說妳啊……！就算被我說中了……」

「才沒有被你說中呢！你說錯了！你只是個笨蛋！笨～蛋！笨～蛋！笨～蛋！」

「啊啊啊啊，真是的……！我果然不能把四糸乃、耶俱矢還有夕弦交給妳！我絕對要封印妳的靈力，這個混蛋……！」

士道如此大吼，美九抖了一下肩膀。

「我不會……讓你得逞的！要是這個『聲音』被封印，我又會——」

美九緊咬牙齒繼續說道：

「你……是要我變回去嗎！變回那個失去歌唱的我……那個沒有價值的我……！」

「我沒有——這麼說吧！」

士道大喊並揮下〈鏖殺公〉。劍擊化成光飛射而去，斬開巫師的隨意領域。

「我……只是希望妳以沒有魅惑人心的力量，屬於妳的真實聲音唱歌！」

這是士道的真心話。在誘宵家中聽見的還是人類時的美九歌聲，真的非常專心一意，充滿了現在的美九沒有的魅力。

然而，美九忿忿地皺起臉。

「不要說得好像很懂一樣……！只要擁有這個『聲音』，我就能成為最棒的偶像！失去這副嗓音，到底會有誰願意聽我唱歌呀！」

「不是——有我嗎……！」

士道吼完，美九便瞪大雙眼，全身微微顫抖。

「幹……幹什麼……隨便亂說！明明就沒聽過我的歌！」

「聽過了！雖然只有一首！一心一意、拚命努力，很帥氣！我喜歡妳以前的歌更勝現在的！沒有人願意聽妳的歌……？哈，別說傻話了——至少，有一位歌迷不管遇到什麼事都不會離棄妳！就在這裡！」

「什……」

「跟靈力這種東西無關……就算失去『聲音』，妳也絕對不會變成毫無價值……！」

「……！」

美九一副泫然欲泣的表情——不過又馬上像是改變想法般猛搖頭。

「那種……那種話——我才不相信！曾經這麼說過的歌迷全都不肯相信我！我痛苦的時候，沒有任何人伸出援手！」

「我不這麼認為！一定會有相信妳、一直等著妳的歌迷！不過——萬一事實真的如妳所想！到時候！我絕對會伸出援手！」

「話說得那麼好聽……！怎麼，如果我也跟十香一樣遇到危險，難道你要說你會賭上性命救我嗎！」

美九狠狠瞪著士道吶喊。大概——是想看士道窘於回答的模樣。

不過，士道毫不猶豫地扯開喉嚨說：

「那還用說嗎！」

「…………！」

士道的回答令美九瞬間停下腳步。

但又隨即不悅似的皺起臉龐，追在士道的後頭。

「我不相信！反正是假的！一定是說謊！」

「我說妳啊——」

就在此時，爬上樓梯到達下一樓層的兩人面前出現了一名巫師。是個體形壯碩的男人。和之前遇到的巫師不同，他的兩手拿著明顯不是室內戰鬥用的巨大格林機槍。

「給我站住！你們似乎任意大鬧了一場嘛，不過也就到此為止了！這前面的路由我——受梅瑟斯執行部長託付守護這棟大樓的安德魯·卡西·鄧斯坦·法蘭西斯·巴畢羅里——」

「——吵死了！」

在男人說明到一半時，士道與美九同時大吼。聲音的壓力使得格林機槍被壓得扁平，〈鏖殺公〉更是一擊便將他的隨意領域砍成兩半。

「唔……啊……！」

安德魯某某人發出這樣的聲音後當場昏倒在地。美九露出一副踢飛路旁石頭般的模樣，繼續說道：

「話說呀，為什麼我非得被你救不可呀！請你掂掂自己的斤兩吧！」

「呃，是妳問我會不會去救妳的耶！」

「哼！誰理你呀！」

美九一臉不悅地撇過頭去；士道則是臉頰抽搐。

「妳這個……！」

然而就在此時，士道察覺到現在他們所待的樓層跟之前的不一樣。

看似堅硬的牆面連綿不絕，四周沒有一扇窗戶。簡直——沒錯，就像隔離設施一樣。

「難道……就是這裡？」

士道蹙起眉頭，看向前方。

在綿綿相連的隔離牆一處設置了一道看似堅固的門扉。

◇

「唔……！」

狀況不妙。

艾蓮以及被施予魔力處理的潔西卡——真那同時面對兩個可說是現在擁有ＤＥＭ最強等級戰力的對手。若不是身穿〈Vánargandr〉，她或許早已被擊潰。

為了避開逼近而來的導彈群，真那一邊在空中高速飛行一邊以隨意領域確認兩人的位置。潔西卡——在後方，但卻偵測不到艾蓮的反應。

下一瞬間，真那的隨意領域碰到異質隨意領域。她快速做出反應，舉起右臂的雷射光刃。

結果，艾蓮的雷射光劍朝那個位置揮下，迸出劇烈火花。

「唔咕……！」

「反應很快嘛。不過，妳以為妳打得過我嗎？」

艾蓮說完以迅雷不及掩耳的速度朝真那揮舞雷射光劍。

動態視力追不上她的速度。真那全神貫注提高隨意領域的精密度，對碰到領域的斬擊做出反應，揮舞雷射光刃。

可是，對手不只一人。在真那勉強應對艾蓮如梅雨般持續不斷的斬擊時，〈Lycoris〉的武器貨櫃〈Rootbox〉裡大量裝載的砲彈瞄準真那的背後發射。

轉瞬間，發射出來的部分導彈在擊中真那之前就爆炸了。大概是〈佛拉克西納斯〉以〈世界樹之葉〉掩護真那吧。不過遺憾的是，導彈數量龐大。躲過連鎖誘發爆炸的數枚微型導彈，在真那的背後炸開。

「唔啊……！」

「呀哈哈哈哈！中大獎！不行喲～～也要注意後面才行呀！」

潔西卡令人不快的放聲大笑震動著真那的鼓膜。

雖說展開了隨意領域，但真那現在把全部精力都用來對付艾蓮了。無法全部抵銷導彈的衝擊，腦袋被不留情地劇烈晃動，瞬間就要失去意識。

不過，真那咬住口腔的肉勉強保住意識，對腦內下達指令，驅動推進器打算飛離現場。總之現在必須重整旗鼓才行。

然而，想逃往後方的真那在半途卻被看不見的障壁阻擋了退路。

「什……！」

真那瞪大雙眼——隨即發現它的真面目。那是〈Lycoris〉產生的限定隨意領域。〈Lycoris〉型號在術者以外的空間也能產生隨意領域。

「妳太天真囉，這樣就結束了呢，真那——！」

潔西卡帶著激動誇張的表情高聲大笑。

「竟然……做出這種小看我的舉動！」

真那對腦部下達命令，驅除潔西卡的隨意領域。

不過，艾蓮不可能放過這個空檔。她瞬時擺出一副決鬥被干擾的不滿表情，但又隨即重振精神搖了搖頭，高舉雷射光劍〈王者之劍〉。

「唔——！」

這距離無法閃避。真那將隨意領域切換成防禦性，繃緊身體準備承受或許會襲來的衝擊。

然而——就在此時……

「什……！」

艾蓮才一臉疑惑似的皺著眉頭，右方便隨即朝她發射一擊雷射加農砲。

艾蓮用早已高舉的雷射光劍擊落那道魔力光。真那利用那一瞬間的空檔消除潔西卡的隨意領

後，朝後方逃離。

「剛才的是——」

剎那間還以為是來自〈佛拉克西納斯〉的掩護——然而並非如此。

真那朝釋放攻擊的方向看去，那裡飄浮著一名將及肩頭髮往後紮起，如娃娃般的少女。

「鳶——鳶一上士。」

真那不禁喊了出來。

沒錯。像是突然從旁狠狠揍向艾蓮，由外面衝進來的，正是真那的前同事——鳶一折紙。

「沒事吧？」

然而，真那對折紙的樣子感到些微的不對勁。折紙身上穿著接線套裝和CR-Unit，但那套裝的設計跟平常裝備的ＡＳＴ標準裝備不同。

大膽地從胸口開衩到腹部的海軍色接線套裝，加上莫名沒有一致感的各種武器。甚至有種匆匆忙忙硬是到處收集裝備的感覺。

「鳶一折紙……？妳不是應該正在療傷嗎？而且那身裝備不是ＡＳＴ的東西——」

艾蓮困惑似的眉頭深鎖，低聲細語。不過折紙並沒有回答她的問題，而是看向真那問：

「——士道呢？」

「咦？哥哥……嗎？他沒事喲。」

聽到真那的話，折紙稍微放鬆嘴角。

「他現在在哪裡？」

「呃，在第一辦公大樓那裡。」

「是嗎？」

折紙輕輕點頭，驅動推進器飛往第一辦公大樓的方向。

然而，艾蓮卻以驚人的速度翱翔天空，追在折紙身後。

「妳以為我會讓妳去嗎？」

「……強行突破。」

折紙和艾蓮眼神交會，衝撞彼此的隨意領域。魔力的餘波在周圍四散開來。

「鳶一上士！」

真那高聲吶喊，對腦部下達指令企圖掩護折紙。

本來實力差距就一目瞭然，再加上折紙理當還留有昨天戰鬥的傷勢。這樣簡直就像要看著她白白送死。

然而當真那想飛往折紙身邊的那一刻，有人發射高輸出功率的魔力砲堵住了她的去路。想都不用想，是潔西卡。

「妳要去哪裡呀？妳的對手可是我喲──！」

「這混帳……！」

真那苦著一張臉，右手的雷射光刃蠢蠢欲動。

折紙在空中變換姿勢。或許是穿上了用不慣的Unit，驅動尚未穩定下來，但也無可奈何。折紙將手伸向背後，從左腋下把背負的雷射加農砲拿到前方。

折紙現在身上穿著的接線套裝並不屬於ＡＳＴ所有。

而是ＳＳＳ（Special Sorcery Service）——英國對抗精靈部隊的正式採用裝備。

上頭裝備著大口徑雷射加農砲和使用對精靈彈的突擊步槍、格林機槍，以及其他各種近身裝備等隨手可得的武器。

這就是美紀惠說過的「好點子」。

隱藏在無人公寓地下，沒有以ＩＤ管理的CR-Unit。

那是幾個月前襲擊ＡＳＴ，由前ＳＳＳ隊員們組成的恐怖分子集團所隱藏的東西。

照理說主要的物品應該都已全數回收——不過看來在美紀惠發現後就一直放置不管的隱密場所，似乎還藏著備用的裝備。

「……！」

折紙優雅地在空中調整好姿勢，看向敵人。

於是少女優雅地撥動她美麗的金髮。

「——鳶一折紙，沒想到竟會殺出妳這個程咬金。」

折紙記得說話少女的臉。應該是教育旅行的隨行攝影師。

說到這裡，那次教育旅行有好幾個疑點。出發前臨時變更的地點——在折紙面前現身的DEM機械人偶。

怪不得在目睹艾蓮．梅瑟斯攻擊真那時，恍然大悟的感覺遠比訝異來得強。

「我聽說妳在和貝里的戰鬥中使用〈Lycoris〉，超越活動極限而陷入無法戰鬥的情況。照理說妳現在的狀態即使施予醫療用顯現裝置治療，也必須暫時靜養。我就好心奉勸妳一句，要是太過逞強可是會死的喲。」

「無所謂。」

「這樣嗎？」

與用順手的型號不同的接線套裝，加上應該是軍方隱匿，沒有好好維護的年代久遠的現有武器。這些就是現在折紙手中所有的牌了。

但是——可以戰鬥。就算戰力差距再怎麼令人絕望，依然可以對敵人刀刃相向。

對手是穿著最新技術裝備的DEM巫師，折紙搞不好會葬身此地。就算運氣好活了下來，或

許有可能再也不能戰鬥。

即使如此，還是必須去救士道。為此就算要指望什麼樣的怪招、什麼樣的奸計、什麼樣的偶然都無所謂……！

折紙看見投影在視網膜的數值有變化後，與艾蓮拉開距離。

艾蓮原本就夠堅韌的隨意領域魔力數值正在上升。應該是處於備戰狀態吧。

話雖如此，根本不需要看數值。從剛才觸碰到她的隨意領域時的感覺，便可以大略推測出艾蓮的實力。

比在模擬戰中以壓倒性實力戰勝折紙等ＡＳＴ隊員的真那還要高竿。折紙至今從未觸碰過由如此濃密的魔力所構成的隨意領域。光是不小心靠太近，折紙的行動無庸置疑將會遭到限制。

「……！」

腦部下了判斷後的行動便非常迅速。折紙右手持對精靈突擊步槍、左手持格林機槍，然後用隨意領域扣下雷射加農砲的扳機，瞄準艾蓮一齊釋放砲擊。

彈藥並不充足。就連左手持的格林機槍也不是一開始就裝備好，而是來這裡的途中從百孔千瘡的〈幻獸・邦德思基〉身旁撿來的。

不過既然近身戰毫無勝算，除了從遠距離持續攻擊之外別無他法。以隨意領域抑制住反作用力，同時將帶有魔力的彈藥集中在一點上。

不久，彈雨停止了。當然那並非折紙主動停下，只是子彈用盡罷了。

然而在膜一般的煙霧被風吹散後，毫髮無傷、身穿CR-Unit的艾蓮就悠悠飄浮在那裡。

「妳真的認為這種東西對我有用嗎？若是這樣，我還真是被小看了呢。」

艾蓮無奈地嘆了口氣，將手裡握著的雷射光劍指向折紙。

然而那一瞬間，艾蓮顫了一下眉毛。

因折紙的砲擊滿目瘡痍的大樓牆面崩落，朝著艾蓮的頭部落下。

沒錯，折紙本來就不認為那樣的砲擊傷得了艾蓮一分一毫。她讓艾蓮的注意力集中在自己身上，同時剜挖著聳立在艾蓮身後的牆面。

「哦──」

但艾蓮一動也不動，在巨大的瓦礫從上方直逼而下砸到自己的頭之前便制止了它。

話雖如此，這也在折紙預想的範圍內。她解除手上突擊步槍的連結，將魔力灌注槍身，用盡全力朝艾蓮丟去。

當然那也在碰到艾蓮身體的前一刻就被隨意領意給擋了下來。不過，此時突擊步槍的槍身下部猛烈噴發出類似瓦斯的東西。

「什──這是……！」

艾蓮皺起臉孔，用手掩住嘴巴。

折紙事先在步槍槍身裝置手榴彈，將它設定為解除折紙的隨意領域同時也會拔除插栓。

話雖如此，瓦斯本身的毒性並不強。那是鎮壓暴動用的臭氣瓦斯，症狀頂多是眼鼻感到強烈搔癢吧。

不過，艾蓮不可能知道這個事實。既然被噴灑可能含有毒性的瓦斯，艾蓮只有兩個方法，除了用隨意領域中和其成分外，就是在自己周圍重新展開隨意領域隔離瓦斯吧。

「就是現在──！」

折紙從腰間拿出閃光彈投向艾蓮，劇烈的閃光和聲音在周圍散開來。

接著間不容髮地對腦內發布指示，將背負的微型導彈艙設定為可變動式後，朝艾蓮射擊所有彈藥。

維持隨意領域的是搭載在接線套裝上的基礎顯現裝置。而控制它的不是其他東西，正是人類的腦。

如今艾蓮的腦應該正同時進行防禦瓦礫、中和瓦斯、防禦閃光、聲音等複數的處理。再加上遭受到施予魔力處理的微型導彈砲火攻擊，如果是普通的巫師勢必會引起腦部過熱，因而疏於處理其中一項，或是在瞬間解除隨意領域。

然而……

「──妳倒是有用腦子嘛。」

「……！」

背後傳來這樣的聲音，折紙驚訝地屏住呼吸。

不過——太遲了。待她驚慌地回過頭時，脖子也同時被一把抓住。讓身體飄浮的隨意領域作用減弱，身體一下子加重了重力。

「唔……」

「不是攻擊隨意領域本身，而是讓產生隨意領域的腦混亂……嗎？原來如此，雖然做法並不漂亮，但還挺管用的。」

不知何時出現在折紙背後的艾蓮說著，加強了抓住折紙脖子的力道。

「真可惜呀。如果對手不是我，妳已經獲勝了吧。但是——很遺憾，這不是面對世界最強巫師該使用的手段。」

艾蓮如此說完，嘴角浮現一抹輕笑。

DEM日本分公司上空一萬五千公尺。〈佛拉克西納斯〉艦橋的主螢幕上，現在正播放著陷入混戰高峰的商業區影像。

「巫師正從後方接近真那！一點鐘方向！」

「——啟用〈世界樹之葉〉三號、四號。」

「了解。〈世界樹之葉〉三號、四號，水雷模式設定完畢。」

船員聲音響起的同時，主螢幕播放的大樓街道天空中引發了小小的爆炸。

「——確認迎擊。消除目標、隨意領域。」

恐怕是混雜了戰鬥的爆風和噪音，誰也沒有發現，從剛才開始琴里等人就將自律型Unit〈世界樹之葉〉全部派往地面援護真那。

既然大樓內無法連上通訊，琴里等人能做的只有這樣了。琴里勉強抑制住焦躁的心情，淡然處理工作。

「司……司令，妳看那個！」

其中一名船員大聲吆喝。琴里看向螢幕，螢幕正播放著戰場上的模樣。

飄浮在天空的兩名少女身影。不——若真要說，是身穿白金色鎧甲的金髮少女手裡抓著身穿海軍色套裝的少女脖子，使她吊在空中——這種說法或許比較正確。

「那是……」

琴里疑惑似的皺著眉頭。

「艾蓮．梅瑟斯和鳶一折紙……對吧。」

結果站在身旁的神無月手抵著下巴這麼說道。

沒錯。雖然身穿不熟悉的裝備，但現在被掐著脖子的正是士道的同班同學，同時也是AST的巫師——鳶一折紙。

DEM和AST應該是合作組織才對。實際上，從剛才開始AST也加入了戰線，與DEM的巫師們共同對抗狂三群，展開一場又一場的戰鬥。

不過——琴里立刻轉換念頭。

她想起了昨天，可能是為了精靈們而來的陌生AST集團現身於天宮廣場上空時，折紙使用討伐兵裝〈White Lycoris〉企圖阻止她們的事。

話雖如此，實在很難認為如此憎恨精靈的折紙當時打算守護十香她們。那行動恐怕是……為了守護身在天宮廣場的士道吧。

「難不成……」

琴里一邊看著螢幕，一邊翹起嘴裡銜著的加倍佳棒棒糖的棒子。

如今折紙正與DEM巫師戰鬥的理由，只能想到一個。

「——準備收束魔力砲〈銀槲之劍(Mistilteinn)〉。我要掩護鳶一折紙。」

「這樣好嗎？」

川越從艦橋下方如此問道。琴里瞥了他一眼，輕輕嘆了一口氣。

「……心境是很複雜啦，但見死不救也過意不去吧。而且——不管理由如何，要我放下打算

救士道的人不管，我做不到。」

琴里說完拿出口中的棒棒糖，挺直身子面向螢幕中的少女。

「並聯啟動AR-008五號機、六號機。開始填充魔力，同時將三號砲門移往下方。將操作模式一部分切換成手動——目標艾蓮·梅瑟斯。」

琴里這麼說完，艦橋下方的箕輪大聲發出有些為難的聲音：

「可是，司令，目標緊鄰著鳶一折紙。即使節制輸出功率，恐怕還是會波及到她。」

會有此顧慮也無可厚非吧。不過琴里「哼」的一聲從鼻子吐出氣息。

「所以我不是說了嗎？將操作模式一部分切換成手動——神無月。」

「是！」

神無月點頭回應琴里的話。

「準備頭戴式耳麥。就交給你瞄準了，做得到吧？」

「如果是您的命令，就算是頭上頂著的蘋果我也會射下來給您。」

神無月沒有一絲猶豫，垂下頭如此回答。船員們「咕嚕」一聲吞了口水，遵照琴里的命令開始操作控制檯。

「——好了，其實我也很想陪妳玩玩，但很不巧，我也在趕時間。」

艾蓮使勁掐著折紙的脖子平靜地說道，然後緩緩舉起右手握著的巨大雷射光劍，抵住折紙的臉頰。

「唔……咕——」

「艾克很中意妳，我是不太想殺妳啦……但妳看來很會動歪腦筋，我可不希望放過妳啊。」

艾蓮說完刺進劍刃。發出「滋」的一聲，折紙的臉頰產生劇烈疼痛。

「唔啊……！」

「——！」

不過，這一瞬間！

被塗成一片漆黑的天空有個像星星的東西一閃，隨即從那裡降下猛烈的光之洪流。

「什……」

那道光筆直地逐漸被艾蓮的頭頂吸收——碰觸到艾蓮的隨意領域的瞬間，激起了火花般的魔力光。

那是個人兵裝不可能達到的超高能量魔力砲，恐怕甚至凌駕於〈White Lycoris〉的〈Blaster〉之上，簡直就是一道光柱。

「這……這……是……？」

即使是艾蓮似乎也沒有料到這個情況，她的臉上第一次染上苦惱之色。或許是事發突然來不及反應，感覺阻礙折紙隨意領域的力量突然鬆懈下來。

「……！」

折紙抓住這一瞬間的破綻，一個轉身逃出艾蓮的束縛。

然後在右腳腳尖使力，用力把腳一伸。結果從那裡露出了刀長十公分左右的利刃。

她將生成魔力灌入那把刀刃，朝艾蓮踢腳攻擊。

「啊……唔……！」

腳部感受到確實的觸感，響起了艾蓮痛苦的聲音。

「……！」

不過下一瞬間，有一雙看不見的手抓住了折紙的腳，將她拋向大樓牆面上。

折紙來不及減速，硬生生撞上牆面。雖然抵銷了幾分衝擊，但仍免不了劇烈咳嗽。

「咳、咳！」

「……有一套嘛。」

挨過神祕魔力砲的艾蓮忿忿地皺起眉頭看向折紙。

接線套裝從胸口破到腹部，令人不忍卒睹的傷痕刻劃在她白皙的肌膚上。應該是用隨意領域止血完畢了，但看似負傷時飛濺出的血跡將她的白金色鎧甲染成紅色。

艾蓮將劍尖指向折紙。

「雖說是半路殺出的程咬金，但這輩子讓我身體受傷的，妳是第二個……爲一折紙。妳是個很優秀的巫師，可以拿出自信來誇耀無妨——不過，是在黃泉！」

「唔……」

折紙一邊以隨意領域支撐著疼痛的身體一邊飄浮在空中。雖然勉強報了一箭之仇，但原本絕望性的戰力差距又拉得更遠了。

然而，艾蓮的眉毛抖了一下，似乎將意識集中在耳朵一般視線飄移。

「——艾克。」

接著再次狠瞪折紙，將臉轉向第一辦公大樓的方向。

「……！妳要去哪裡——！」

「看來是超過時間了，算妳好狗運。」

「……不讓妳去……！」

第一辦公大樓裡有士道在。折紙對腦部下達指令，打算追上艾蓮。

然而……

「——折紙！」

突然響起呼喚折紙的聲音，她的身體同時被某人的隨意領域包覆，以高速度滑翔在空中。

下一瞬間，一道冷氣洪流穿過折紙原本待的地方。若是依然留在原地，恐怕會連隨意領域都被凍結吧。

「唔……！」

「妳……為什麼會在這種地方呀！不是應該要絕對靜養嗎！」

語畢，救助折紙的隨意領域的主人將視線落在她身上。那是一名全身包覆著熟悉的接線套線的女性身影——AST隊長日下部燎子。

「隊長……？」

「就是我。話說妳那是什麼裝備呀？SSS的……？」

「……放開我，我必須去追她——」

像是要打斷折紙的話語，驚人的風壓和冰之飛礫襲來。燎子微微皺眉，操作擁著折紙的隨意領域，逃離那些攻擊。

「姊……姊姊大人的命令是絕對的……！」

「呵呵，被躲開了呀。不過這樣才有攻擊的意義！汝可別讓吾玩膩了呀，人類！」

「驚嘆。折紙大師在這裡——這裡是戰場，請快點逃。如果不聽從我的指示……就算是折紙大師，我也照樣除掉。」

虛空中有一名緊貼著巨大兔子的少女和兩名背上長出單翼的少女在舞動。折紙屏住氣息。那

是精靈〈隱居者〉以及——折紙隔壁班的現任學生八舞姊妹。

「耶俱矢、夕弦——竟然是精靈……？」

折紙驚愕地顫抖喉嚨。但對對方而言，折紙的動搖似乎無關緊要。八舞姊妹將手持的長矛與靈擺捲上一陣風後，朝折紙她們釋放風團。

「唔——」

折紙脫離燎子的隨意領域，驅動推進器避開那個攻擊。

「呵呵，挺有一手的嘛。」

「肯定。不過，若是與姊姊大人作對，我絕不饒恕。」

八舞姊妹狠狠瞪向折紙。

折紙嚥下一口唾液濕潤因焦躁而乾渴的喉嚨，與燎子並肩面向精靈們。

◇

——使用ＩＤ打開門扉。

士道帶著美九，集中注意力踏進了房間。

隔離牆的內部構造與〈佛拉克西納斯〉的隔離區十分相似。寬廣幽暗的研究區域內設置了用強化玻璃圍住的空間。

「……！」

士道瞪大雙眼。那裡頭有十香的身影。

是在睡覺嗎？她的手腳被束縛在椅子上，低著頭。

「十香！」

即使如此吶喊，她似乎也聽不見從這裡傳過去的聲音。應該是跟〈佛拉克西納斯〉的那個構造相同吧。

那麼理應也有從這裡操作，進入那個區域的方法才是。士道的視線搜索著房間。

——然後……

此時，士道停下身體的動作。

原本以為空無一人的研究區域中，有一名男子背向士道他們坐在椅子上。

「唔——」

士道提高警覺、集中視線，將〈鏖殺公〉朝向他。美九似乎也發現了那個男人的存在，戒備地持好〈破軍歌姬〉的銀筒。

「——嗨，我等你好久了。〈公主〉的朋友……這麼叫可以吧？」

男人發出冷靜的聲音，從椅子上站起身來。然後，動作緩慢地朝士道他們的方向轉過來。

「初次見面啊。我是DEM Industry的艾薩克・威斯考特。」

他說完瞇起銳利的雙眸。

顏色黯淡的灰金色頭髮、高䠷的身材，以及讓人不禁聯想到猛禽之類的銳利雙眸為其男人的特徵。

士道看了他的臉、聽了他的名字，微微皺起眉頭。

「艾薩克……威斯考特。」

沒錯。DEM Industry的執行董事艾薩克・威斯考特。若是和平常人一樣有看電視、報紙、網路新聞等，應該都聽過這個名字吧。

威斯考特誇張地點了點頭。

「真虧你們能來到這裡呢。〈歌姬〉還有——」

威斯考特看向美九，接著將視線移到士道的瞬間停下話語。

他一時間露出呆滯表情後，困惑地皺了眉頭。

「你……是誰？難不成……不對，不可能……」

威斯考特像是在思考什麼般將手抵在嘴邊。士道不明白他的行動有何意義，皺著眉頭回答：

「我是——五河士道，來這裡救十香！馬上放了十香！」

他吶喊著將〈鏖殺公〉的劍尖指向威斯考特。

霎時間，威斯考特的雙眼瞪得老大。

不過似乎不是因為被天使的尖端指著而感到戰慄。他一臉呆滯地盯著士道的臉看了一會——

「五河——士道，就是你。」

接著喉嚨開始發出悶笑。

「……呵呵，能操縱精靈能力的少年……聽到這件事時我還懷疑過。原來如此，是這麼回事啊。呵呵……哈哈……哈哈哈哈哈哈哈哈哈！」

對於他突然態度大變，士道提高警戒，重新握緊〈鏖殺公〉的劍柄。

不過威斯考特一點也不在意，扭著身體放聲大笑。

「這不是太可笑了嗎！結果到頭來——全都落在那個女人的手掌心啊。」

於是，站在士道身旁的美九一副心情惡劣的樣子發出聲音。

「……這個人是怎樣呀～～是不是哪裡有病？唉唉，所以我才討厭男人呀～～」

「我覺得這跟是不是男人沒關係……」

士道怯怯地回答後，重新面向威斯考特。

「我管你愛不愛笑，總之——快點放了十香！」

士道粗暴地將〈鏖殺公〉朝向他眼前吼叫。只見威斯考特看似愉快地顫抖著肩膀。

「如果我不聽從你說的話，會如何？」

「……抱歉，我就算來硬的也要逼你聽從。」

威斯考特對於士道的威脅，只是嗤嗤悶笑。

「你做得到嗎？」

「……當然做得到。只要是為了救十香，我什麼都做得到。」

威斯考特聽了聳聳肩。

「開玩笑的啦——我又不像艾蓮那麼厲害。要我同時對付一個精靈和操縱天使的少年，我害怕得做不到啊。」

威斯考特說著操作手邊的控制檯。

於是響遍房裡有如輕微驅動聲的聲音變小，周圍突然明亮起來。接著，束縛住十香手腳的枷鎖喀嚓一聲解開了。

「十香！」

看來聲音也能傳到玻璃內側了。只見士道一呼喊，坐在椅子上的十香倏地抬起頭來。

「士……道……？」

十香撐起身子，像是要趕走睡意般揉揉雙眼後看向士道。

「士道！」

此時她似乎才終於發覺士道的呼喚聲不是夢。她猛然站起身，一邊撕掉貼在身體各處的電極片一邊朝士道的方向跑過去。

然後將兩手手掌和額頭緊貼著強化玻璃，一副泫然欲泣的表情。

「士道……士道、士道！」

「喔……抱歉啊，十香。讓妳久等了。」

聽到士道的話，十香用力搖搖頭。對於十香的這個舉動，士道不禁放鬆嘴角。

看來她似乎平安無事。話雖如此，目的還沒有完全達成。雖然聽見彼此的聲音、看見彼此的身影，但兩人之間還隔著一道厚厚的玻璃牆。

「喂，你把這個打開。」

「你擁有那麼棒的武器，不如試著自己斬開如何？」

威斯考特聳聳肩說道。士道一臉不耐地皺著眉頭。

「……美九，可以拜託妳嗎？」

「哼，雖然我很不滿被你命令，但那個男人是這裡的負責人吧？我就特別聽你一次，反正我也打算遲早讓他聽聽我的『聲音』～～」

美九說著踏出一步。不管對方再怎麼擺出固執的態度，只要聽了美九的「聲音」，任何人都會對她言聽計從。要破除這道牆想必是輕而易舉。

不過，不知道威斯考特是否知道美九的能力，他只是悠悠露出笑容。

「啊啊——對了對了，我忘了跟你說一件事，五河士道。」

他就這麼輕啟雙唇。

「——你站在那裡會很危險喔。」

「什麼……？」

士道不明白威斯考特這番話的用意，回以疑惑的聲音。

「士……士道，小心後面！」

十香透過玻璃放聲尖叫的同時——

伴隨著「咻噗」的奇特聲響，士道的胸口產生灼熱觸感。

「咦——？」

士道一瞬間不知道發生什麼事，驚愕地發出聲音。他緩緩將視線移向下方——才終於發現從自己的胸口長出了一把雷射光劍的刀刃。

「什——這……是……」

他發出微弱聲音的同時，從口中吐出大量鮮血。

士道勉強將暈眩搖晃的視線轉向後方，背後有一名身穿白金色CR-Unit的巫師身影。

「艾……蓮……！」

「——朝向艾克的劍，全都由我來折斷。」

艾蓮以一副不像剛才身負致命傷的淡淡語氣說完，拔出士道胸口的光刃。

「啊……嘎……」

同時，士道無法維持站姿，將身體靠上玻璃牆。接著就這樣留下血跡慢慢倒向地板。

「士道！士道——！」

這時響起「咚、咚」的震動聲。看來十香正不斷敲打著玻璃牆。然而要回應她十分困難。劇烈疼痛支配著士道的意識，使他無法正常移動身體。

「哎呀……妳會受傷還真是稀奇呢。」

「我大意了——〈拉塔托斯克〉的空中艦艇應該在上空。」

「是嗎……」

在模糊的意識當中，士道聽見了威斯考特與艾蓮的對話。

「因為他顯現出天使，所以我攻擊了他，這麼做可以嗎？」

「嗯——無妨。這麼做似乎反而更有效果。」

威斯考特說完看向敲打玻璃的十香。

琴里能力的保護——治療身體傷口的治癒火焰，現在應該依然存在於士道的身體裡。事實上就像舔著胸口的傷一般，士道的身體正冒出小小的火苗。

但不知是否因為處於艾蓮的隨意領域，還是因為心臟被貫穿，或是一連好幾次過度使用的關係，復原的速度比平常還要緩慢。就現在的狀態，若是頭部或胸口吃上一擊雷射光劍，士道恐怕就會超越回復極限，就這樣步上黃泉吧。

「十……香——」

士道勉強朝十香伸出手——卻被玻璃牆阻擋，手留下血跡朝地板垂下。

「啊————」

十香啞然望著眼前發生的情景。

前來救自己的士道被刺穿胸口，倒臥在地。

在玻璃牆上留下大量血跡，一動也不動。

「啊……啊……啊……」

彷彿視野被塗得一片漆黑的感覺朝十香襲來。

這種感覺，十香過去也曾經歷過一次。

距今約五個月前，十香和士道第一次約會的日子。那一天士道為了保護十香，被折紙射出的砲彈擊中倒地時，感情逐漸失色的那種感覺。

「士道……士道……士道……！」

十香一邊用力拍打玻璃一邊不斷呼喊士道的名字。

她保持堅強的意識叫喊以避免迷失自我。她記得士道具有琴里的回復能力，所以那時才能得救。這次一定也沒問題，火焰一定馬上就會舔拭他的傷口，然後他又能再次對十香回以微笑。

然而就像要踐踏十香的希望一般，威斯考特看向十香。

「好了，精靈、〈公主〉、夜刀神十香。演員終於到齊了——我待會打算殺了妳最重視的五河士道。」

「什——！」

「妳要是能阻止就請便吧。我不會妨礙妳。用盡妳所有的力量，試著阻止艾蓮的刀刃吧。顯現靈裝、天使——要是這樣還不夠，就將手伸向更前方。」

「你在……說什麼……」

「妳馬上就會了解的——艾蓮。」

威斯考特一舉起手，艾蓮．梅瑟斯便緩緩站到士道旁邊。

「——真的要這麼做嗎？艾克？」

「對。雖然我的確也對五河士道感興趣——但應該以〈公主〉為優先。最糟的狀況，就算他真的死了，靈魂結晶應該也不會破碎吧。既然這樣，殺了他也無所謂。」

「這樣啊。」

艾蓮說著高舉手裡的雷射光劍。

「————————!」

瞬間，站在房間深處的美九發出優美的聲音，但艾蓮只是微微皺了眉頭。被艾蓮的隨意領域保護的威斯考特，也是一臉若無其事的樣子。

「沒用的，〈歌姬〉。這點程度無法迷惑我。」

「什……!」

美九的表情染上慌亂之色。

艾蓮從美九身上移開視線，俯看士道，在握著雷射光劍的手施加力量。

「妳……妳在做什麼……?」

十香一瞬間無法理解艾蓮現在想做什麼，喉嚨顫抖著。

不對，其實她十分清楚。即使心裡清楚，但頭腦拒絕理解這個事實。

因為如果那把劍揮下，士道就真的會死。

士道……

給予十香快樂日常生活的士道……

讓過去差點墜落絕望深淵的十香了解世界之美的士道……

將一動也不動。

將不再對自己說話。

將不再對自己微笑。

「啊……啊啊啊啊啊啊啊啊啊啊啊——」

體認到這一點的瞬間，十香在無意識間用力踏著地面。

「〈鏖殺公〉——〈鏖殺公〉……！」

她如此大喊，一邊敲打玻璃敲得幾乎要流血一邊狠狠踹著地板。

她的身體發出淡淡光芒——制服的周圍顯現出光之禮服。靈裝。讓精靈能成為精靈的要素之一，也是最強的鎧甲。

接著，十香的右手顯現出天使〈鏖殺公〉。

然而——不知為何，散發出的光芒很明顯比平常還要黯淡。而實際上不管砍了多少次，也無法斬開與士道之間那道看不見的牆壁。

「為什麼……為什麼——為什麼……！」

十香一而再、再而三地不斷用劍用力攻擊牆壁。然而——沒有用。

艾蓮將左手放上右手中高高舉起的雷射光劍劍柄。

「住手！住手！快住手……！只有這件事——只有士道……！你們要對我怎麼樣都無所謂！我什麼都願意做！你們說什麼我都會聽！所以……所以，不要把士道從我身邊奪走……！」

但艾蓮完全聽不進十香的話，使勁對手臂的肌肉施加力量。

十香高舉〈鏖殺公〉，用幾乎要折斷手臂的氣勢砍向牆壁。然而——一點動靜也沒有，力量顯然不足。

——只靠天使——不夠。

「住手啊啊啊啊啊啊啊啊啊啊啊啊啊啊啊啊啊啊啊啊啊啊！」

什麼都無所謂。淚水將十香的臉蛋弄得髒兮兮皺巴巴的，她發出野獸般的慘叫。就算不是天使也無所謂。陷入這般絕境，只要能救士道，什麼樣的東西都無所謂。如果能劈開這道牆、打倒艾蓮，就算這身軀變得如何都無所謂……！

——閃閃發光的刀刃就要朝士道的脖子揮下。

「嗚哇啊啊啊——！」

那一瞬間。

十香突然失去意識的同時，感覺到右手握著某種天使以外的東西。

不對。那或許是——

被某種東西「握住」的感覺。

◇

〈佛拉克西納斯〉的艦橋裡響起尖銳的警報聲。

聽到那個聲音，琴里動了一下眉毛。

那是——平常不會用到的最嚴重等級的緊急狀態通知。

「什麼事！」

琴里說著看向螢幕畫面。

不過，真那依然與巨大的Unit交戰中，也看不到其他畫面有任何異常。至少看不出有發生什麼事態需要鳴響最嚴重警戒的警鈴聲。

琴里困惑地皺眉，接著聽見操作控制檯的椎崎發出「噫！」的驚叫聲。

「怎麼了？」

「那……那個是……」

椎崎微微顫抖指尖，將視線投向琴里。

「司……司令……〈佛拉克西納斯〉的觀測器應該沒有壞掉……之類的吧？」

「啥？妳在說什麼呀？有問題的主要是與通訊相關的機器吧。快點回答——到底發生了什麼事呀？」

琴里一問，椎崎嚥了一口口水後張開唇瓣說：

「類……類型E的……靈力值顯示為負數……！」

「什——」

琴里聽見這番話，睜大雙眼。

然後像是要配合這個情形似的，副螢幕顯示的外部畫面開始出現異常。

士道他們所在的大樓上方閃耀黑色光芒——那道光芒呈放射狀朝天空擴展開來。

「……難不成……」

發生了最糟糕的事態。

過去害怕的事情終於成真。

「靈魂結晶的……反轉……！」

琴里低吟般說道，並將加倍佳咬碎。

「哈哈哈哈哈！哈哈哈哈哈哈哈哈哈哈哈哈哈哈哈！」

在艾蓮正想朝五河士道的脖子揮劍的瞬間，眼前發生的情景令威斯考特放聲大笑。

〈公主〉夜刀神十香的身體突然閃耀著有如被黑暗塗滿的黑色光芒，下一瞬間，從她身上射出分不出是黑暗還是光芒的的粒子洪流，將強化玻璃如同泥巴一般溶化，穿過隔離牆和大樓窗戶朝所有方位四散而去。

「艾克，這是——」

因過於驚訝而停下手邊動作的艾蓮，一愣一愣地對威斯考特提問。威斯考特將填滿心中的萬般感觸化為言語，喃喃說道：

「〈王國〉反轉了。

來，等著吧，人類。」

他張開雙手。

「——魔王凱旋歸來。」

第十章　鏖殺暴虐公

「啊……哈哈哈哈哈哈哈哈哈哈哈哈哈！去死吧去死吧去死吧去死吧去死吧去死吧去死吧去死吧去死吧去死吧去死吧啊啊啊啊啊啊啊！」

伴隨著染上瘋狂之色的笑聲，數百發彈藥散布天空。

真那提高隨意領域的強度才勉強擋下那集中的砲火。

然而，也許是趁著這個空檔，潔西卡在真那的周圍展開限定隨意領域。

「嘖──」

真那忿恨地咂嘴，扭轉身體，用右手的雷射光刃〈Wolftail〉斬斷隨意領域。

不過那時潔西卡早已填充完魔力砲。她瞄準真那，發射出巨大砲門〈Blaster〉。

「太小看我了！」

不過，真那凝聚隨意領域，像是滑行在那道魔力洪流上接近潔西卡。

然後高舉〈Wolftail〉砍向潔西卡。

當然潔西卡也將隨意領域變更成防禦性，阻擋下真那的劍擊。魔力牆與刀刃互相碰撞，迸發出劇烈的火花。

然而，此時潔西卡出現異樣。

「噫……！」

她像是突然發生痙攣般止住呼吸後，從眼鼻流出血。包覆住她的隨意領域乍然減弱。

力量衰弱的潔西卡的隨意領域無法承受真那的雷射光刃。雷射光刃的刀刃切開〈Lycoris〉的紅色機體，完全破壞掉它右手的雷射光劍和魔力砲。

真那面露苦色，從潔西卡身邊閃開。

「……到達活動極限了。潔西卡！勝負已定！妳就乖乖地——」

然而，潔西卡漠視真那的話，將剩下的砲門朝向她，接著發射出一點都不像是達到活動極限的砲擊。

「唔……」

真那在千鈞一髮之際閃過砲擊，對潔西卡投以銳利的視線。

結果潔西卡流著如淚般的血，發狂似的笑著。

「——真那、真那，崇宮真那。我已經……已已已……已經不會……再輸輸輸輸輸……給妳了。這次……不會再輸。已經不會再輸了。只要有〈Lycoris〉，我……我……我就哈哈哈哈哈哈哈哈哈哈哈哈哈哈哈哈！」

潔西卡骨碌碌地轉動她無法聚焦的眼珠子，宛如刮傷的唱盤不斷重覆話語，顯然並非處於正常狀態。

「潔西卡……」

真那咬著嘴唇，緊握拳頭幾乎要滲出血來。

雖然不知道詳細情形，但她的腦部果然被施予某種魔力處理。就像將未來數十年份的壽命濃縮成今天一天，實力堅強是理所當然。

真那以充滿苦惱和憐憫的眼神注視著潔西卡，輕輕嘆了口氣。

然後默默地將手擺在自己胸前。

——自己的身體裡也被施予類似的處理這件事，已經告知琴里和令音。

若是走錯一步，自己或許也會落得像潔西卡那般下場。

「…………」

真那不發一語，使勁緊咬牙齒。

「真那！真真真……真那。崇宮真那。亞德普斯2號號號號。我從以前就看妳不順眼了。為什麼，為為為為為什麼威斯考特大人和梅……梅梅梅瑟斯執行部長，會重用妳這種東洋人丫頭啊啊啊啊？明明我……我……我……絕對比較適合……亞……亞亞亞亞亞德普斯2號呀！」

潔西卡一邊叫喊一邊胡亂發射砲擊。

不過真那不打算閃避，而是展開防禦性隨意領域，慢慢接近潔西卡。

「……妳從以前就是這副德性。嫉妒心強又好功名，所以才會盡講些惹人厭的話。」

真那靜靜地嘟囔著縮短距離。即使真那逼近，潔西卡也不打算逃離，依舊胡亂射擊砲彈。

「不過，妳的忠誠心值得尊敬。雖然我以前很討厭妳──但妳不是那種非得被下如此重手的人類呀！」

「哈……啊哈哈哈哈哈，真……真真真真那那那那那！」

潔西卡以失焦的眼睛看著真那，開啟武器貨櫃，齊發砲彈。

真那在槍林彈雨中前進，右臂的雷射光刃蓄勢待發，斬開潔西卡的胸部。

「啊……嘎……啊……啊啊啊啊啊。」

劈斷隨意領域、穿透接線套裝、剖開人體肌膚的觸感。然而真那並沒有撇開臉。

隨意領域從潔西卡的周圍消失，〈Scarlet Lycoris〉的巨大機體朝地面墜落。

被真那的隨意領域支撐住身體的潔西卡吐著大量鮮血，以虛弱的聲音說：

「欸……欸欸欸……欸，真那那那那。我……我我我……我很強吧吧吧？已經不會再輸給任何人了。威……威斯考特大人也會……認同……我……我我我我嗎？」

「……是呀，那是當然。」

真那說完，潔西卡露出最後的笑容──無力地垂下頭。

「…………」

真那闔上潔西卡的眼睛，抱著她的身體，狠狠瞪向ＤＥＭ第一辦公大樓的方向。

「——艾薩克……威斯考特……！」

◇

「…………！」

士道倒臥在自己的血泊中，傷口被火焰燃燒著，他則是注視著這幅光景。

在艾蓮的光刃正要朝士道刺下的瞬間，十香發出幾乎要震毀喉嚨的慘叫聲——隨後她的身體便被黑色光粒逐漸掩沒。

「到底是……怎麼……回事？」

火焰終於漸漸癒合士道胸口的創傷。士道一邊壓抑住從喉嚨深處湧上的嘔吐感，一邊試圖張開充滿鐵鏽味的嘴巴。

分明有什麼事不對勁。

威斯考特在後方以一副不知在激動什麼的樣子高聲說話，但士道聽不太清楚他說的內容。不對，正確來說，也許是即使耳朵捕捉到聲音，腦部也無法掌握話語的意思。

十香身上發生的異常就是如此令人目不轉睛。

不過那也是理所當然。因為十香的模樣明顯與她平時限定顯現靈裝和天使的時候不同。

布滿十香輪廓的不祥黑光呈放射狀逐漸消散。

與此同時，總算能看清十香的全貌。

「什……」

然而，士道看見她的模樣卻不禁倒抽了一口氣。

從黑色光芒中現身的十香身上穿著靈裝。

話雖如此，這件事本身也並非不可能做到。雖然封印了靈力，但士道與精靈們之間連繫著一條類似肉眼看不見的線路，一旦精靈的情感極度高漲，靈力的一部分就會經由那條線路逆流。

事實上，十香、四糸乃還有八舞姊妹，過去偶爾也會違反〈拉塔托斯克〉的意思顯現限定靈裝和天使。

但是現在十香身上穿著的顯然不是限定的靈裝。

在肩上、腰間閃耀的漆黑鎧甲，以及猶如覆蓋住胸口和下半身般延伸而出，沒有實際形體的闇色薄紗。

沒錯。那是以濃密的靈力組織而成的完全狀態的靈裝。

「靈……裝……」

然而，十香現在身上穿著的靈裝，與士道記憶中的靈裝有著相異的形狀和色彩。若要比喻，簡直就像是——看著照片的負片一樣。

再加上還有比這更令人在意的事——就是她的表情。

前一刻還呼喊著士道的名字，抽搭哭泣的十香已不復見——現在有的只是一副散發出漠然情緒的壓迫感，如王者般的表情。

當然臉部的構造與體格並沒有改變。然而為什麼？士道強烈覺得現在從黑光中出現的少女是與十香不同的生物。

然後……

「那……是……」

士道虛弱地抬起頭疑惑地說道。

身穿黑色靈裝的十香右手中握著一把巨大的劍。

「〈鏖殺——公〉……？」

不——不對。那把劍明顯與〈鏖殺公〉不同。

那是一把單刃的巨劍。劍柄和劍鐔與十香的靈裝同為闇色，劍身則隱約在空間中殘留黑色光芒的軌跡。

「——！」

士道因背脊顫慄的感覺屏住了呼吸。不知為何，那把劍除了有刃器和武器的危險性和精靈擁有的強大力量外，還有某種讓人不禁發抖的恐怖氣息。

「…………」

十香悠然環顧四周，接著輕輕嘆了口氣。

「──這裡是怎麼回事？」

「咦……？」

士道皺起眉頭。十香究竟在說什麼？

她彷彿沒有發現士道的疑問，隨意環視周圍後指著站在那裡的美九。

「妳，回答我。這裡是哪裡？」

「咦？呃，不是……DEM Industry的日本分公司嗎？」

「沒聽過的地方啊──那麼，我為什麼會在這個地方？」

「這個嘛，是被那裡的巫師綁來的……」

美九一臉困惑地看向艾蓮和威斯考特。於是十香彷彿追著她的視線，也朝那個方向看去。

結果威斯考特露出誇張的笑容說道：

「太棒了。我還是第一次見到如此完全的反轉體──快看啊，艾蓮。那就是我們的夢想，我們的宿願啊。」

威斯考特說完拍了拍艾蓮的肩膀。

「來，工作上門了。在妳的面前終於出現了妳應該打倒的對手。來吧，最強的巫師啊。現在就斬下暴虐魔王的首級，作為我們道路的基石吧。」

「——是的，我明白，艾克。」

艾蓮說著才剛點完頭，隨即就如雲霞般消失蹤影。

下一瞬間，艾蓮出現在十香頭頂，揮下手中的雷射光劍。

「……！」

士道維持伏地的姿勢，試圖告知十香這件事。不過事發突然，士道無法順利大聲說話。

不過，看來士道是白擔心了。十香甚至沒有改變臉的方向，就這樣將右手舉向上方，以劍擋下了艾蓮的一擊。兩人交鋒的瞬間產生劇烈的衝擊波，輕易將士道的身體撞擊到牆上。

「唔……！」

尚未完全治好的傷口遭受衝擊，士道皺起臉發出呻吟。美九立刻愴惶地跑向士道。

「喂……你還好嗎！」

美九竟然會擔心男人，朝士道說出不像自己會說的話。或許她也感到驚慌失措吧。

不過，這也難怪。士道也還無法理解現在眼前發生的情景。要說是身處死亡深淵的士道正目睹一場幻覺倒還比較容易接受。

「放肆！」

擋下雷射光劍一擊的十香呢喃似的說完，狠狠彈開艾蓮。艾蓮將身體轉了一圈後，倏然靜止在空中。

「看來果真跟以往的〈公主〉不一樣呢。要是不這樣，我可就傷腦筋了。如果讓我輕易殺死，這種程度的精靈毫無意義。」

「……妳這傢伙是怎麼回事？為何要向我揮劍？」

「真是十分抱歉，我必須請妳立刻去死。我們所需要的只是妳的那份力量，妳的人格只會造成阻礙。」

艾蓮的眼神變得銳利，再次高舉雷射光劍衝向十香。

十香將左手放上右手握著的劍柄，擋下艾蓮從旁攻來的斬擊。

然而，艾蓮的猛攻並沒有停下來，從左方、上下以能當場留下殘影的速度連續使出劍擊。十道連發出聲音也忘了，直望著雷射光劍的殘光在視野中刺眼地閃閃發光。這明顯和至今所見過的艾蓮的氣魄、速度都不同。若是解除限定狀態的十香，恐怕第一刀就會被砍傷的猛烈攻擊在一瞬間便已不斷重覆好幾次。

話雖如此，十香也毫不遜色。那種不像人類的使劍動作，她全都正確地掌握住方位，破解艾蓮的攻擊。

非人者與超人者之間超越人類智慧的戰鬥。明明不是朝自己攻來，卻幾乎要被那驚人的殺氣和敵意壓垮。

「——就是那裡！」

艾蓮從下方狠狠砍向十香的劍。剎那間，十香身體的防備變得薄弱。

「唔……」

當然砍向十香的艾蓮也是同樣的狀況。不過艾蓮輕輕弓起身體，將背負在左背上的武器改為可變式，從腋下伸向前方，同時亮光逐漸收束在最前方。

「貫穿吧，〈聖槍(Rhongomiant)〉！」

艾蓮手持的武器瞬間發出耀眼的閃光。

若是直視，眼睛很可能會被灼傷的濃密魔力之光。ＡＳＴ所使用的兵器根本無法與之相較——那才是理應足以匹敵天使一擊的壓倒性破壞力。十香的身體轉瞬間被光芒吞沒，大樓的牆壁和天花板如紙張飛得無影無蹤。即使如此仍未緩和下來的餘波往空中延伸而去。

那跟砲擊的情況稍微不同。比喻來說——沒錯，就是長矛。

約數百公尺的長大光之矛將前方的所有東西一分為二，巨大影姿屹立於虛空中。

過了一會，艾蓮吐出長長氣息的同時，那把巨大的長矛便瞬間消失得無影無蹤。大樓的牆壁和天花板連同上面樓層整個遭到剜挖，形成彷彿被巨人咬了一口的形狀。

「十香……十香！」

士道呼喚她的名字，環顧四周卻仍不見她的身影。

難不成剛才的攻擊讓她整個人被消滅得不留痕跡嗎——這種不安的想像掠過士道的腦海。

然而，這個想法在看到絲毫不敢大意、惡狠狠瞪著空中的艾蓮的表情同時煙消雲散。

視野變得十分寬闊的大樓上空，背對著月亮，隱約散發出淡淡光輝的裙子隨風搖擺，十香正悠然俯視這裡。應該是用劍擋下了攻擊，她的身體看不到稱得上傷口的痕跡。

「……原來如此，看來不是嘴巴說說而已啊。」

十香靜靜瞇細雙眼，就這樣緩緩舉起握著劍的右手。

「不會讓妳稱心如意。」

不過艾蓮也沒有默默看著她舉起劍。艾蓮再次拿好雷射光劍，隨後瞬間逼近十香，往她的身體橫劈過去。

「哼！」

十香微微皺起眉頭，不是用持劍的右手，而是以空無一物的左手接下那一擊。

即使是十香的靈裝似乎也無法完全擋下艾蓮的一擊。在劇烈的魔力餘波如火花迸發而出的同時，包覆住十香手的長手套破裂，猶如燒傷的傷痕在她纖細的手臂上逐漸蔓延開來。

不過……

「——〈暴虐公〉(Nahema)。」

儘管自己的左手正被灼燒，十香仍以冷徹的聲音如此說完，揮下高高舉向月亮的劍——〈暴虐公〉。

「唔——」

目標並非艾蓮——而是朝向現在仍待在大樓上面的艾薩克·威斯考特。

艾蓮這才首次露出愁容，立刻停止對十香的攻擊，驅動推進器飛回大樓。

發出「嗡」切開風的聲音，接著響起「嘎」如同空間摩擦的聲響。

下一瞬間，十香揮下的劍的延長線上爆出驚人的衝擊波。

「嗚……嗚哇啊啊啊啊啊啊啊啊！」

「呀啊啊啊啊啊——！」

遭餘波吹襲的士道和美九忍不住高聲慘叫。

話雖如此，美九的慘叫聲似乎帶有靈力。士道和美九的周圍建構起一道看不見的牆壁，緩和了幾分撼動周圍空間的衝擊波。

「妳……妳沒事吧，美九……！」

「我……我沒事……話說，我可不是要救你喲！純粹是碰巧！」

聽見士道說的話，美九露出極不甘願的表情撇開視線。

然而，要是沒有美九展開的音壁，光是那道餘波恐怕就會將士道吹飛到空中。看著大樓地板上深深刻劃的裂縫，士道臉色發青。

「那個——是十香……嗎……？」

士道仰望飄浮在空中的黑色影子，表情染上戰慄之色。

此時突然響起某種東西崩落的「喀啦」聲響，艾蓮和被她保護的威斯考特從瓦礫堆裡現身。看來在十香的一擊消滅威斯考特之前，艾蓮就用隨意領域阻擋了下來。

「抱歉。妳救了我，艾蓮。」

「不，現在還不能讓你死。」

艾蓮就這樣將視線轉向十香，回應威斯考特的話。

「〈公主〉如何啊？」

「是的，跟以前對戰時根本不能比。那時還讓人有點掃興，不過現在的她說是AAA等級也能夠接受了。」

「哦。那麼——贏得了嗎？」

「當然。能戰勝我的生物，在這世界上並不存在。」

艾蓮毫不猶豫立刻回答。然而……

「——不過，是在萬全的狀態下。」

士道聽了這句話，將視線稍微往下移動——咕嚕一聲吞了口水。

艾蓮的胸口到腹部刻劃著深深的傷口，冒出大量鮮血。

「顧著防禦而分了心，之前的傷口裂開了。雖然已施予痛覺操作，但對手是那個精靈，形勢恐怕有些不利。」

「唔嗯……這樣啊。」

威斯考特將手抵在下巴，「呼」地吐了一口氣。

「那就沒辦法了，我們先撤退。反正還有時間，就慢慢耗吧。」

「可以嗎？」

「嗯，我已經習慣等待了。反正能讓〈公主〉反轉就已經成就一件大事，而且今天——還看到了意料之外的臉孔啊。」

威斯考特說著將視線送往士道的方向。士道顫了一下肩膀。

「——抱歉，我們就在這裡先告退了。要是你能活下來，我們再見面吧。崇宮——不，五河士道。」

「咦……？」

士道對威斯考特的這番發言皺起眉頭。

崇宮。那是自稱士道妹妹的真那姓氏。

「等一下，你……認識我嗎……？」

「沒有啊，我不認識你——我是指五河士道。」

威斯考特說完將視線從士道身上移開，把手放在艾蓮的肩膀上。

這一瞬間，艾蓮周圍的空氣轟然震動。應該是凝聚了展開在周圍的隨意領域吧。

於是艾蓮像是用隱形的手支撐住威斯考特一般令他飄浮在空中，就這樣驅動推進器，以驚人的速度飛往天空的彼方。

「啊……喂……喂！」

即使士道呼喊，兩人的影子也早已融入闇夜之中不見蹤影，徒留士道的聲音空虛地迴盪在虛空之中。

然而，雖說敵人已經消失，事情還沒解決。士道將視線移回上空。

十香只用視線追逐消失在空中的威斯考特與艾蓮的身影，之後將臉朝向下方，捕捉到士道和美九的身影，緩緩降到兩人的身邊。

「接下來……只剩你們了嗎？」

十香說完以冰冷的眼神看向這裡。不像平常的十香會表現出的模樣令士道繃緊身體。

「……喂，你們不是認識嗎？話說她超強的呀，根本不需要人去救她嘛～這到底是怎麼一回事呀？」

美九小聲問道。但士道也回答不上來。

「就算妳問我……我也一頭霧水啊。」

「……在討論這問題之前，你胸口不是被刺穿了嗎？為什麼還活著呀？」

「那是因為……算是特殊體質吧。待會再跟妳解釋。」

話雖如此，也不能不發一語就這樣對峙下去。士道正想開口對十香說話。

然而在那一瞬間，十香粗暴地揮下握在右手上的〈暴虐公〉。從揮下的劍身發射出衝擊波，朝兩人襲來。

「嗚哇！」

「呀啊！」

由於事發突然，士道下意識用〈鏖殺公〉擋下。雖然勉強撐了下來沒有倒下，但握著劍柄的雙手竄出劇烈疼痛。

「唔……！」

士道感到戰慄。雖然對十香而言跟兒戲一樣沒什麼大不了——但剛才的攻擊確實是朝士道而來。要不是用〈鏖殺公〉擋下，士道現在恐怕已經命喪黃泉。這斬擊的威力就是如此強大。

「果然是〈鏖殺公〉……為什麼你這傢伙會持有那把天使？」

十香的眼神變得銳利，對士道提問。那副表情怎麼看都像是在看敵人一般。

「十香！妳……怎麼會變成這樣！妳不記得我了嗎？」

士道如此大喊後，十香皺起眉頭。

「十香……？是在叫我嗎？」

十香直直盯著士道的臉如此問道。果然，不是平常的十香。她不僅忘記士道，看來甚至連自己的名字也不記得。

「到底……怎麼……」

士道困惑地苦著一張臉，此時右耳的耳麥發出沙沙的噪音，接著傳來琴里的聲音。看來由於大樓的上段樓層被破壞，干擾電波似乎解除了。

『士道！士道！快回答我！士道！到底發生了什麼事？』

「我不知道！在我被艾蓮刺到胸口的期間——十香就變得怪怪的！那也是靈力的逆流嗎？」

『不——恐怕不是。』

「那麼，到底是怎樣啊！我也能封印住那個十香的靈力嗎？」

『那就……不知道了，以前沒有遇過這種情形。不過在此之前，現在的十香根本不可能對士道抱持好感。』

「那麼，到底該怎麼辦……！」

『只能將十香的意識拉回來這裡了。要說有可能的做法——』

琴里開始述說那個「可能」。士道動了一下眉毛。

「原來如此……結果做的事還是都一樣啊。」

「你在碎唸些什麼？」

像是要打斷士道和琴里的對話，十香發出冷若冰霜的聲音。

「——哼，雖然不知道你在搞什麼鬼，不過也罷。殺了你就解決了。況且你看來也沒有像之前那個女人有力量。」

十香說完再次揮劍，衝擊波朝士道攻擊而來。

「咕啊……！」

第一擊勉強擋下，但下一瞬間十香又揮劍而下，斬擊瞄準雙手麻痺、無法順利活動的士道迎面飛來。

「唔——」

「啊啊啊啊啊啊啊啊啊啊啊啊啊啊啊啊！」

然而，在那道攻擊擊中士道的前一刻，美九發出吼叫聲，建構起不可視的障壁，好不容易保護士道免於衝擊波的攻擊。

「美九……！」

「你可不要誤會喲～～我說過了吧？我最討厭隨便說出『喜歡』、『重要』或『就算死』這種話又輕易翻臉不認人的那種男人了～～」

「咦……？」

「你曾經說過吧？就算拚死命也要去救十香。那麼，就請你負起責任到最後，不要……讓我失望。因為我……就是為了見證這一點才來這裡的。」

「美九──」

士道瞥了美九的臉一眼後，用力地深深點頭。

「啊啊……是啊。」

士道重新握好〈鏖殺公〉，猛盯著十香。

「好了，十香，馬上就要天亮了。我們回家吃飯吧。如果妳現在說『對不起』，今天早、午、晚餐，我都統一做妳喜歡吃的菜喔。」

「……你在說什麼？」

十香一臉不解地皺眉。士道吐了一口長長的氣後往十香衝過去。

不過那一瞬間，十香朝他揮劍。雖然勉強以〈鏖殺公〉防禦，不過結果士道還是被推回原來

的位置。

「唔咕……！」

「你在幹什麼～～好遜。」

「吵死人，沒有其他辦法啦！必須先接近她，否則什麼都免談……！」

士道說完，美九回答「哦～～」並動了動眉尾。

「也就是說只要接近十香，就有什麼方法囉？」

「……對。能不能成功，要做了才知道。」

「哦……是這樣嗎？」

美九興趣缺缺地回答，當場轉了一圈，像跳踢踏舞一樣用鞋底「喀！喀！」用力敲打地面。

於是，像是要把美九團團圍住一樣，地面出現了好幾根銀筒，尖端如麥克風般朝向美九。

「〈破軍歌姬〉——【輪旋曲(Rondo)】。」

不，不僅如此。在幾乎被削掉一半的大樓地板各處也出現管風琴的金屬管，前端可變動，全都朝向十香。

「……好吧～～特別破例，我就給為了十香隻身闖關到這裡，愚蠢又耿直到極致的你一次機會吧。」

「咦……？」

「我會從四面八方將防禦的聲音朝十香釋放過去。對手是她，不知道能撐幾秒，但應該能短時間制止她的行動。在這段時間內，你就試試你說的那個方法吧～」

「美九，妳……」

「要做？還是不做？」

美九以不容分說的語氣問道。士道凝視著十香，穩穩踏住腳步使勁點頭。

「我做！」

「那麼，我要開始囉——」

美九弓起身體，同時吸了一大口氣——

「————————！」

她朝直立在自己周圍的天使銀筒發出能迴蕩在耳朵深處的高音。

〈破軍歌姬〉的銀筒將美九的聲音回響過好幾次，彷彿用一雙肉眼看不見的手勒緊束縛住十香。十香的雙臂不自然地扭曲，就像被繩子綁住一般緊貼著身體。

「唔——這是什麼？」

十香不悅地皺起臉，在手臂使力試圖掙脫束縛。每施力一次，美九的聲音似乎就很痛苦地變得尖銳。

「美——」

士道忍住不喊美九的名字，往地上一踹。

就算他現在對美九說話也沒有任何意義，而且還會浪費一秒美九替自己爭取的寶貴時間。

既然如此，士道只能前進。如果真的為美九著想，就必須早一秒到達十香的身邊，盡快拉回十香的意識才行——！

「哼……」

或許是發現朝自己接近過來的士道，十香用單腳「喀！」地踹了地板一下。地板建材碎裂，如同散彈般朝士道的身體襲來。

「唔啊——」

他雖然用〈鏖殺公〉擋下了幾發，但身體的各處被水泥碎片刺入。這突如其來的劇烈疼痛令士道不禁差點停下腳步。

然而，不能因為這種事就裹足不前。士道用手護住臉，忍住侵襲過來的衝擊和劇痛，猛力衝向十香。

「嘖！」十香不耐煩似的咂嘴。

「——有夠煩的耶！」

她說完大大吸了一口氣，將身體微微前傾，像是要扯斷聲音的束縛緩緩拉開雙臂。

「————！」

美九的聲音逐漸變得沙啞——然後……

「————」

美九絕望地睜大雙眼。

為了對抗不停增加力量的十香的抵抗而逐漸提升束縛強度，然而——就在此時……

聲音突然發不出來了。

「——，——」

即使想要呢喃「為什麼」，但就連這句話也不成聲，只是從喉嚨發出咻咻聲罷了。

「什……！」

「哼！」

士道慌亂的聲音與十香不耐煩似的聲音同時響起。

在美九聲音中斷的同時，直立在周圍的〈破軍歌姬〉銀筒喀沙一聲倒下，束縛十香的音壁完

全消去。

恐怕是過度使用靈力吧。原本今天就已經連續使用至今從沒發出過的「聲音」和天使，再加上面對十香這個力量壓倒性居於強勢的精靈對手，甚至還使出防禦用的音壁加以束縛這種荒謬的招數。也難怪她會一時間用盡靈力，發不出聲音。

「哼，耍小聰明。」

十香用鼻子哼氣，高舉〈暴虐公〉。

——不是朝向士道，而是美九。

「什……！」

士道屏住呼吸，但目前還沒到達能撲向十香的位置。

「想要束縛住我，先掂掂妳的斤兩吧。」

語畢——十香揮下劍。

「————」

即使想發出尖叫，果然還是發不出聲音。美九無力地笑了笑，連閃也不閃避那道攻擊，當場癱坐在地。不……正確來說，是連閃避的力氣也沒有。

想必片刻之後，美九就會被〈暴虐公〉的斬擊給擊敗了吧。所幸沒有連靈裝都消失，但實在不覺得美九的靈裝耐得住那把天使的一擊。

不過那也無可奈何。

美九從一開始就只有歌唱，除此之外沒有任何特長。

所以現在失去歌、聲以及音的美九，沒有任何價值。

失去「歌」，再也沒有人願意愛美九；失去「聲」，再也沒有人願意保護美九；失去「音」，再也沒有人願意相信美九。

這種事從好久以前就已經明白透徹。

仔細想想，確實十分有可能落得這種下場。竟然想闖入巫師猖獗的大樓裡，特地主動前往這種地方這件事本身，肯定就是個錯誤。

好不容易如願得到三個精靈當手下，享受了一段最美妙的時間，為什麼要來這種地方呢？

美九捫心自問——立刻無力地笑了。

沒錯。因為那個男人，五河士道。

說什麼就算拋棄自己的性命也要來救十香這種美九最討厭的蠢話——她就是來見這個男人，見識他的那份覺悟，或者該說——他可憐的末路。

當她聽見五河士道出現在DEM Industry日本分公司時，真的嚇了一跳。沒想到他真的會不惜讓自己暴露在危險之中也要去救十香。

——坦白說……

只有一次也好，她真想看看。

正因為美九對人類、男人這種生物失望透頂。

才想看看真正——打從心裡愛著某人的人類。

士道一直到最後都沒有放棄。

為了奪回自己珍愛的人，即使如字面所示，吐血、瀕臨死亡，也沒有停下腳步。

如果……

如果早一點遇到這種男人……

如果能將對十香的愛分給美九一部分……

——我就會走向更不同的道路——

美九發出不成聲的聲音，驀地將眼神向下移。

然而……

「美九——————！」

響起士道怒號般的聲音同時，前方傳來劇烈的聲響，美九驚訝地睜開閉上的眼睛。

士道大喊美九的名字，半下意識地改變去路。

這個距離原本就無法到達十香身邊，士道並非做出如此冷靜的思考才行動。

只是單純想著必須去救美九而移動了身體。

不能讓美九死。

以及——絕不能讓十香殺了美九。

然而，十香的斬擊跟剛才隨意使出的攻擊不同。以士道手持的〈鏖殺公〉恐怕也無法完全擋下那道攻擊。

光憑士道現在手中擁有的力量，無法保護美九到底。

有什麼——再來一樣什麼東西。

只要有能守護美九的力量……！

——沒錯，當士道祈願的瞬間……

「……！」

他的左手產生冰冷的觸感。

◇

「咦……！」

緊貼在〈冰結傀儡〉背上飛舞在空中與ＡＳＴ巫師們交戰的四糸乃，突然發出細小的聲音。

凝結空氣中的水分形成冰柱，正想朝巫師們發射過去的瞬間，宛如包覆在自己意識周圍的薄膜被一口氣撕開、扎根在頭上的樹木被拔起般奇特的感覺侵襲四糸乃的身體。

「剛才的感覺……咦？咦？」

片刻後，四糸乃睜大眼睛環顧四周。

——自己到底在做什麼呢？

這種根本的疑問填滿她的腦袋。

不對，她了解自己在做什麼。四糸乃現在正顯現出靈裝和天使〈冰結傀儡〉與ＡＳＴ戰鬥。

然而……究竟是為何而戰？

「唔……」

一思考這個問題，頭就有些發疼。於是寄宿在〈冰結傀儡〉的「四糸奈」也發出覺得不可思議的聲音。

「奇怪……四糸乃？我們為什麼會在這種地方呀？」

「四……四糸奈也這麼想嗎……？」

「嗯——總有種腦袋開了一個大洞的感覺。我是還記得和大家一起觀賞天央祭的舞台……啦……啦……啦。」

「四糸奈」開始發出某種奇怪的聲音，渾身發癢似的搖晃她巨大的身體。四糸乃被「四糸奈」突如其來的動作嚇得雙眼圓睜。

「妳……妳怎麼了？四糸奈？」

「嗯嗯……沒有啦，剛才好像又出現跟之前不一樣的奇怪感覺……」

「奇怪的……感覺？」

「對對。該怎麼說呢～～像是力量被大口大口吸走的感覺？」

「……？」

四糸乃感到奇怪似的歪著頭。

不過，她們現在沒辦法這麼悠閒地聊天。原因很簡單，因為警戒著突然停止攻擊的四糸乃她們的眾AST，一齊朝她們發射格林機槍。

「呀——」

「哇哇！哇！」

四糸乃屏住氣息的同時，「四糸奈」讓身體在空中滑行般移動，千鈞一髮之際躲開了攻擊。

不過，攻擊當然並沒有就此結束。接著，待在AST後方的另一群巫師將雷射加農砲朝向四糸乃。

「好，射擊！」

判斷應是隊長的女性大聲下令的同時，巫師們一齊扣下扳機。

然而比她們更早一步，一陣無與倫比的風壓朝架好武器的ＡＳＴ隊員們吹襲而來。

「唔哇……！」

猶如凝聚成數公尺大的大型颱風駭人的能量，將ＡＳＴ隊員們連同隨意領域整個拋向四面八方。發射出來的雷射加農砲的魔力光，往空無一人的天空和地面延伸而去。

「呵呵，真輕，真輕呀！所謂一吹就垮正是如此啊。不過要汝等擋下吾等〈颶風騎士〉之一擊也著實困難呀。」

「提問。沒事嗎？四糸乃、四糸奈？」

引起那陣風的少女們飛舞在空中，來到四糸乃的面前。

「耶俱矢……夕弦！」

四糸乃呼喊她們的名字後，與四糸乃穿著相同女僕裝的姊妹便像是回應她一般點了點頭。

不過承受那陣風的攻擊後，仍有一個身影朝八舞姊妹突擊而來。那是身著與其他隊員們相異套裝的少女——折紙。她高舉雷射利爪，朝兩人猛攻過來。

「——！」

話雖如此，她的身體似乎已經殘破不堪。耶俱矢「呼！」的一聲釋放出壓縮風團正中折紙的腹部，她的身體凹成く字形。

她眼看正要無力地墜落地面之際，夕弦柔和地在空中支撐住她。

「混亂。折紙大師。這到底是……」

「士……道……」

即使夕弦發出疑問，折紙也沒有回答，只留下這句話便完全暈厥過去。

夕弦露出困惑的表情，就這樣抱著癱軟的折紙飛往剛才被風吹飛的ＡＳＴ隊員們身邊，小心翼翼地將她交給他們後，飛回四糸乃與耶俱矢身邊。

「妳……妳們……究竟……」

接下折紙的隊長不解地問道。

然而，四糸乃什麼也答不出來，反倒還想問究竟發生了什麼事。

「——想問一事，四糸乃呀。吾等為何會處於此等場所？」

「首肯。我記得我們明明是待在天央祭的會場裡。」

看來八舞姊妹也無法理解現狀。原本還以為能夠得到什麼情報——

就在此時……

「……！」

四糸乃和八舞姊妹，以及寄宿在〈冰結傀儡〉的「四糸奈」同時往上方——這一帶最巨大的大樓上方看去。

在周圍四處充滿轟然巨響與魔力光的戰場中，感受到一股更大的爆炸聲和強烈的靈力波動。

「剛……剛才的是……」

四糸乃仰望那個方向啞然呢喃——與露出和她相同表情的八舞姊妹面面相覷。

◇

「啊——」

不知是否因為讓喉嚨休息了一段時間回復了幾分功用，美九發出微弱的聲音。

然而，眼前發生的事比這件事——最重要的聲音恢復，還要更早一步奪走她的注意力。

士道手腳呈大字型阻擋在十香與美九中間，擋下了〈暴虐公〉的一擊。

「……！」

——伸出左手遮蔽的前端張開了可說是冷氣障壁的結界。

周圍的氣溫急速下降，附近飄散著白靄般的霧氣。或許是靈力的餘波，空氣中的水分凝結而成的小小結晶在天空中飛舞，觸碰到美九的肌膚後溶化消失。

這幅情景，美九曾經在某處見過。

沒錯——那是與四糸乃的天使〈冰結傀儡〉十分類似的能力。

「嗨……美九，妳沒事吧？」

語畢，士道朝美九的方向瞥了一眼。

「……在做什——」

美九以未能順暢發出的聲音說道。撐下〈暴虐公〉一擊的士道解除冷氣障壁同時開口：

「因為我們——約好了啊。」

「咦……？」

士道的話令美九眉頭深鎖——然後恍然大悟般抖了一下肩膀。

她想起了方才在大樓中的對話。

（怎麼，如果我也跟十香一樣遇到危險，難道你要說你會賭上性命救我嗎！）

（那還用說嗎！）

士道確實是這麼回答的。

美九將手抵在嘴邊，全身微微顫抖。

圓睜的雙眼落下滴滴淚珠。

「啊，啊……」

他保護了自己。這個人——士道。

他保護了美九；保護了失去「聲音」的美九；保護了理當變得一文不值的美九。

他確實遵守了那微不足道的約定──！

有種喉嚨深處麻痺的感覺。美九細細嗚咽，不自覺將手朝士道伸去。

她的手指觸碰到士道的手。不知為何，明明是原本光是觸碰到指尖就會引發嘔吐感的男人身體，但觸碰士道也沒有湧出任何的不悅感。

這時，美九發現了不對勁。

方才釋放出斬擊的十香用左手按住額頭，貌似痛苦地呻吟。

「嗚嗚……士道……士道……」

「……？」

聽見十香呻吟般的話語，美九微微皺眉。

剛才十香確實喊了「士道」。難不成，她的記憶恢復了……？

可是──

「嗚……啊……啊啊啊啊啊啊啊！」

十香吶喊著將右手握著的〈暴虐公〉刺向地面，將自己的左手朝劍刃揮去。

「啊嗚……！」

因遭受艾蓮的攻擊而靈裝剝落的左手上，劃刻出大大的傷口，流下汩汩鮮血。這個舉動，似乎終於讓十香重新冷靜下來。

不，說冷靜是有語病。十香以充血的眼睛狠狠瞪著士道，拔出沾滿自己鮮血的〈暴虐公〉。

「你用奇怪的手段……！迷惑我的思緒嗎？人類……！」

十香說完踹向地板再次飛舞到空中，將巨大的劍高舉向天。

「好吧——那我就一擊將你粉碎得不留一粒塵埃！」

接著虛空中顯現出奇妙的波紋，從那裡出現了一把約有十香一倍高的巨大王座。

那把王座在空中分解得支離破碎，逐一附在十香高舉的劍上。

每當與王座的碎片同化之時，巨大的劍便會擴散出黑色粒子，同時變得更加長大不祥。

接著，最後一片碎片與劍同化——

劍的尖端像是要劈開月亮似的直衝向天。

「——用我的【終焉之劍】……！」

隨著十香怒吼般的宣言……

〈暴虐公〉顯現出真正的姿態。

「那是……！」

看到那幅景象，士道瞪大了雙眼。

十香更使勁緊握住劍柄。於是那把巨大的劍身逐漸從周圍的空間收束黑色光粒。

「……！」

美九屏住氣息，試圖張開聲音的結界。無奈靈力尚未回復到能夠使用天使的地步——倘若真能成功張開結界，也不認為能阻擋那一擊。

「……！」

不能什麼都不做就讓士道死在她劍下。美九像是要保護士道一樣緊抱住他的身體，將自己的背朝向十香。

「美九……！」

「……，……！」

士道朝美九大喊，但她不打算離開那個地方。

連她自己也無法理解自己的行為。

但她只是隱隱覺得不想讓這個男人破壞約定。

希望他拯救十香——她內心這麼想。

話雖如此，那把劍灌注的靈力有多強大，一目了然。待會釋放出的恐怕是將視野內所有東西統統劈開、強力無比的破壞性一擊。區區美九的嬌小身軀根本不可能擋下，轉瞬之後，美九的身體將和士道一起從世上蒸發吧。

「去死吧，人類……！」

十香大喊，將閃耀著黑暗光輝的劍朝士道揮下。只憑這樣一個動作，周遭的空間便響徹類似物體摩擦的嘰軋聲音。

然而——

「……！」

比十香揮劍更早一步……

美九感受到周圍原本就很低的氣溫又更下降了。

「〈冰結傀儡〉……！」

「好呀，ＯＫ，要上囉！」

在響起熟悉聲音的同時，冷氣的洪流朝十香侵襲而去。

「唔……？」

十香皺起臉，在周圍展開靈力障壁抵銷那道攻擊。

放眼看去，緊貼在巨大兔子玩偶的四糸乃飄浮在空中。

「十香……！到底是怎麼回事……！怎麼會攻擊士道……！」

四糸乃說出的話令美九感到有些奇怪——她猛然睜大雙眼。

恐怕在美九的聲音消失之際解開了她的操控吧。

這時——

「……咦？」

美九離開了士道的身體。

他的身體正宛如火焰熾熱發燙。

「混帳——放肆……！」

十香持著【終焉之劍】擋下冷氣和風的攻擊，皺著臉孔。

看著那幅景象，士道溫柔地拉開為了保護自己而擋在前面的美九。

右手持著閃耀光芒的劍〈鏖殺公〉。

左手則是持著——〈冰結傀儡〉的冷氣盾牌。

沒錯。正當十香想對美九釋放出斬擊之際，與〈鏖殺公〉出現時一樣，士道的左手顯現出天使的冷氣。

「啊……嗚……！」

美九拉扯士道的衣襬，似乎是在擔心他。

可是，非去不可。士道對美九微笑。

「……我去去就回。為了拯救公主——為了遵守約定。」

「啊……」

美九乖乖放開手，點了點頭。

不過，即使是四糸乃，在限定解除的狀態之下似乎也難以完全壓制住現在的十香。十香即便耐著〈冰結傀儡〉的攻擊，卻也沒有要揮下【終焉之劍】的意思。就現在的狀態，恐怕士道一靠近她，全身就會被吹飛。

不過不知為何，士道心情莫名平靜地仰望這樣的十香。

不知是否因為以人類的身軀持續使用天使的影響，士道全身宛如遭撕裂一般疼痛。而且為了想辦法讓這殘破不堪的身體活動，〈炎魔〉的火焰在體內四處流竄。這種極度的痛苦，若是平常人或許會發狂。

即使如此，士道仍未停下腳步。他緩慢但確實地接近十香。

「──十香。」

「……！」

士道呼喚她的名字，她便像受到了驚嚇抖動肩膀。

然而，她搖搖頭像是要甩掉這股恐懼，發出慘叫般的聲音揮下巨大的劍。

「〈暴虐公〉──【終焉之劍】！」

瞬間，士道的視野染上一片黑暗。

——周圍響徹宛如天空擘裂的聲音。

下一瞬間，被十香揮下的劍所描繪出的延長線碰到的一切事物，都被切成了兩半。

被削掉一部分的大樓、展開在大樓下的地面、擴展於更前方的街道，以及視野深處的深處所及的群山。

然後靈力波通過那條延長線，將存在於那裡的所有事物全都粉碎。

這不是玩笑也不是什麼比喻。觸碰到那道黑色靈力洪流的所有事物都遭到壓榨、粉碎，變成粒子隨風消散。

「……！」

癱坐在大樓地上的美九壓低身體，避免被經過眼前的斬擊餘波吹飛，同時從喉嚨吐出氣息。

大樓、街道、地面，形成一直線虛無的道路。四糸乃的身體出現在空中，或許在十香揮下〈暴虐公〉時被它的餘波吹飛了。

然而，不管再怎麼環顧四周，就是沒看到士道的身影。

士道原本站的地方被深深剜挖，形成一個巨大的裂縫。

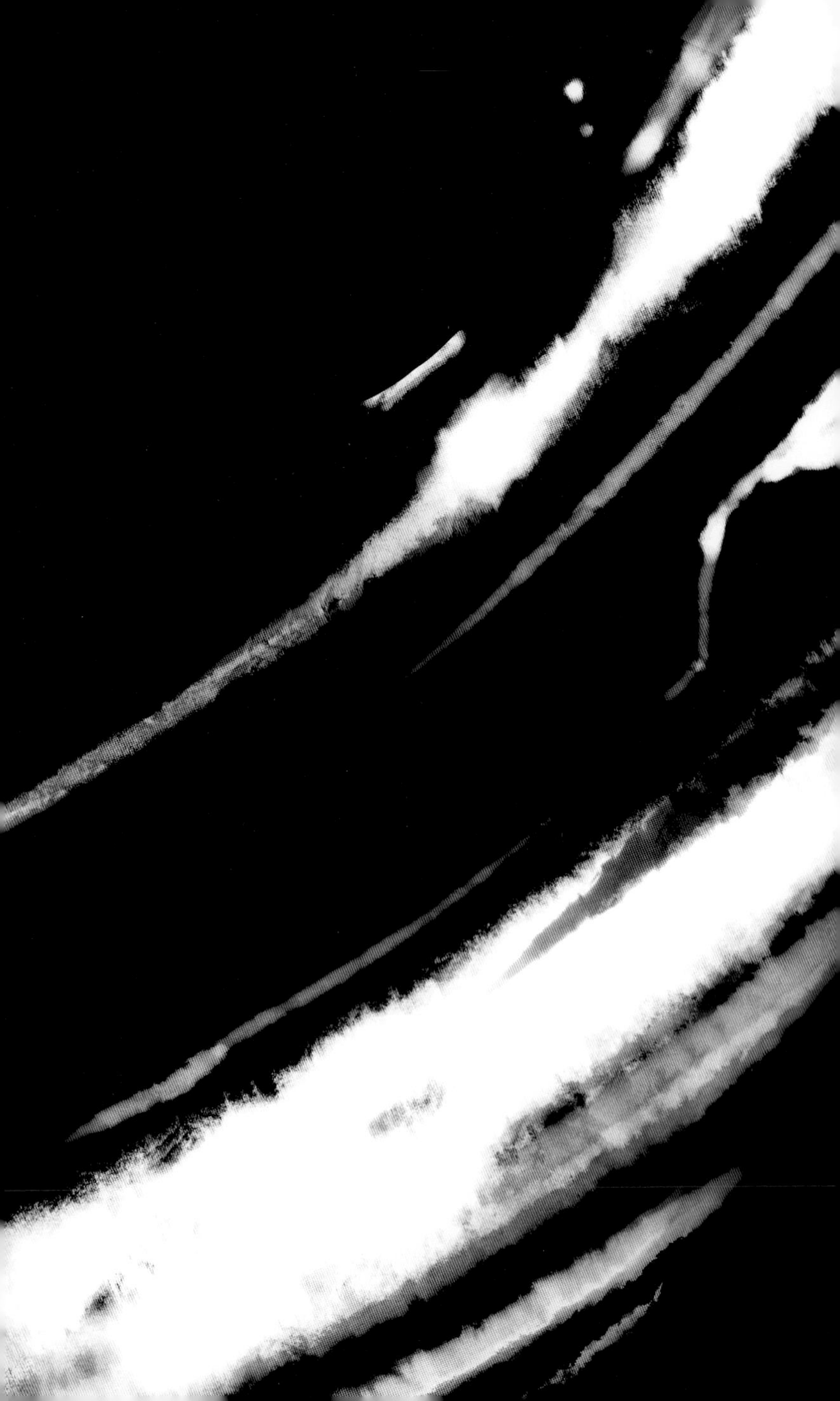

「……！……！」

美九高聲吶喊著不成聲的聲音，呼喚士道的名字。

但是，沒有回應。是被【終焉之劍】的一擊震飛得無影無蹤了嗎？抑或是被吞沒到大樓的斷裂深處了？不管是哪一個——士道都已經……

「呼——哈哈……哈哈哈哈哈哈哈！」

美九的手掌猛然撐在地上的瞬間，上空傳來十香放聲大笑的聲音。

「消失了、消失了，終於——消失了。迷惑我的奸佞狡詐的人類……！」

十香吶喊般說著並張開雙手。

美九緊咬牙齒，露出銳利視線瞪視十香。不過——此時，她瞪大了雙眼。

「——」

在背對月亮飄浮空中的十香更上方。

「哼，汝在嗤笑何事，吾的奴僕呀。要得意還差一步吧？」

「保護。夕弦我們的先見之明，連我自己都為之著迷。」

——因為那裡有飄浮在空中，被耶俱矢和夕弦引起的風包覆的士道身影。

奇妙的飄浮感。雖然曾經被〈佛拉克西納斯〉的傳送裝置一口氣移到一萬五千公尺高的距離，或是透過精靈的手高速移動——但被濃密的風包圍著飛在空中，這還是頭一遭。

十香揮下【終焉之劍】的瞬間，從大樓暗處現身的耶俱矢和夕弦在九死一生之際救了士道。

看來兩人從一開始就預料到這種事態，事先躲了起來。

「抱歉啊，多謝妳們兩個救了我。」

「呵呵，毋須在意。這種小事對吾等而言易如反掌。」

「首肯。你沒事就好——不過……」

「是啊，拜託妳們了。」

耶俱矢和夕弦點頭回應士道後，【穿刺者】與【束縛者】蓄勢待發。

包覆著風的結界將士道朝十香的方向扔過去。不對——說是落下或許比較貼切。包裹著風的士道身體像顆球猛力朝十香頭上落下。

「——什……」

此時，十香或許是發現士道從上空逼近因而抬起頭。

「可惡——還活著嗎……！」

語畢，十香解除【終焉之劍】，高舉〈暴虐公〉。

或許再怎麼強也無法連續發動【終焉之劍】，還是因為判斷短時間再次收束力量不是個好方法？不管原因為何，那對士道而言都是致命的一擊，這項事實依舊沒有改變。

「唔——」

距離還剩三十公尺。從落下的速度考量，是不到數秒就能到達的高度。

但對手是十香，那一瞬間還是太長。若是十香在士道抵達之前就揮下〈暴虐公〉，輕易就能將他的身體切成兩半吧——可是……

「——啊。」

不知為何，僅僅一剎那，高舉〈暴虐公〉的十香突然停下動作。

高舉劍的精靈突然被貫穿頭部的感覺支配身體。

看見從頭頂落下握著〈鏖殺公〉的人類的瞬間，埋藏的一片記憶碎片劃開了她的意識。

「這個情景，我……曾經在某處——」

——看過。

發現此事的同時，記憶——她應該不知道的景象在腦海中鮮明復甦。

高舉巨大之劍的精靈，以及一邊呼喊她的名字一邊從天而降的少年。

（十香啊啊啊啊啊啊啊啊啊啊啊啊啊啊啊啊啊啊啊啊啊啊啊啊啊啊啊啊啊啊

啊啊啊啊啊啊啊啊啊啊啊啊啊啊啊啊啊啊啊啊啊啊——）

「十——香……」

反覆思考記憶中響起的名字。

記得那應該是現在正從空中逼近而來的人類稱呼她所使用的名字。

十香。十香。理應沒聽過的詞。不過，那是——

「唔……」

霎時間——劇烈的疼痛穿過她的腦袋。

趁著那一瞬間的空檔……

「——十香！」

從天而降的少年接近到她眼前。

「嗨，十香，我來救妳了。」

「你這傢伙……！」

她露出愁容，在握劍的手中施力。然而少年已完全進入她的胸懷，顯然會早一步以〈鏖殺公〉貫穿她的胸口吧。她不禁緊咬牙齒，準備承受痛擊。

可是，少年卻做出完全超乎她意料的行動。

他將天使——將唯一可能傷害她的武器拋向空中。

同時使迴旋在左手的冷氣消散。

也就是在敵人面前成為毫無防備的狀態。

「你這傢伙是在幹什——」

「拿著這種東西……會痛吧？」

少年說完露出有些緊張的神情，緊緊抱住她。

「什……你這混——」

十香不明白少年的意思，眉頭深鎖。然而，她的話語並沒有說到最後。

理由很單純。因為少年將自己的唇印上了她的唇。

突如其來的事態令她腦中一片混亂。

——這個男人到底在做什麼？在戰場上，跟敵人接吻？為了什麼？為了出其不意？那麼為何丟掉劍？不解，視野模糊，意識混濁。「士道。」士道？掠過腦海像名字又像單字的詞彙，令她更為混亂，頭昏腦脹。從埋藏的記憶裡，「士道」零零碎碎地浮現出「士道」碎片。「士道」宛如自己的身體變得不像自己的感「士道」覺。「士道」意識逐漸被那個名字侵蝕。「士道」每當響起那個名字，就變得不舒服，「士道」不過，總覺得心情不是那麼壞。「士道」啊啊，為什麼會忘記呢？他為我取了名字。「士道」存在翻轉了過來——

「——士……道……？」

「十香」震動喉嚨，呼喚抱著自己的少年之名。

彷彿配合這個聲音，十香身上穿著的闇色靈裝、手中握著的劍，化為粒子融在空氣中。

話雖如此，不知為何士道並不太驚訝。那不是十香的東西。十香無法穿著也是應該的吧。

「……喔。」

士道簡短回答後，鬆了一口氣似的微笑——就這樣癱軟下去。十香連忙抱緊他的身體。

不過看來白擔心了。士道和十香的周圍形成一道風之紗將兩人包圍，緩緩將他們送回地面。

十香在奇妙的飄浮感當中環顧四周。上半部被吹飛的大樓、裂成兩半的街景，附近有四糸乃和八舞姊妹，以及癱坐在地的美九。

一頭霧水。當時士道就要被艾蓮殺害，十香束手無策。在明白連天使也無法發揮效用的瞬間，十香便失去了意識。

「唔……」

不過，十香的思緒被士道短促痛苦的聲音打斷。

「士……士道！你還好嗎！」

「喔……還可以吧。」

士道這麼說完，勉強靠自己的雙腿站在地上。話雖如此，他的身體殘破不堪，現在也一副快要倒下的模樣。十香用力緊抱住他的身體支撐著他。

「十香妳才是……不要緊嗎？那個到底是怎麼回事……？」

「那個……？是在說哪個呀？」

十香瞪大雙眼回應。於是，士道面有難色地胡亂摸著十香的頭。

「不……算了。那種事就交給琴里和令音解答吧。現在──歡迎妳回來，十香。」

「唔……？嗯。」

十香瞬間歪著頭──不過隨即點了點頭。

「我回來了……士道。」

兩人說話的同時，朝陽開始從裂成兩半的街道射進來──將兩人融為一體的細長影子映照在大樓的地上。

◇

在堆滿瓦礫的陰暗大樓中，有好幾個影子在蠢動。

旭日東升的清晨，而且還是空間震警報鈴聲大作之時，根本不會有人誤入這種地方吧……若是有不知內情的人看到這幅光景，首先應該會懷疑這是幻覺或是夢境。

畢竟待在那裡的少女們，各個分毫不差地長著相同的面貌。

「——ＤＥＭ第二辦公大樓，目標人物不在現場。」

「先端技術研究所，撲空。」

「第一辦公大樓只有十香一個人在呢。」

聽見接三連三傳來報告的「自己」的聲音，坐在瓦礫堆上的狂三無奈地嘆息。

「看樣子……這裡也猜錯了呢～」

派出了近千的分身徹底搜索卻沒什麼斬獲。狂三遺憾似的嘆息，輕輕聳了聳肩。

「——囚禁的精靈到底在哪兒呢？」

她靜靜呢喃。

沒錯。狂三在尋找的就是她。

世界第二個被確認的精靈。

——知道初始精靈的唯一存在。

即使吞食擁有精靈力量的士道能使用【十二之彈】，如果不解決掉源頭的精靈就沒有意義。

被囚禁在DEM Industry，監禁在世界某個設施的精靈。

狂三為了找出她，主動提出要協助士道。

話雖如此——看來這次是白跑一趟了。

「算了，這也沒辦法。今天光是能被士道摸摸頭，就當作是好的收場吧——是吧，我們。」

狂三這麼說完，在黑暗中蠢動的好幾個狂三消失在影子中。

終章　慶典之後

「五河士道同學：

天央祭第三天下午兩點五十分，請到中央舞台的休息室來。

有話想單獨跟你說。要是你沒來，我會生氣喔！

你的美九筆」

……這張很明顯跟以往個性大不相同的信（而且還附上唇印）送到士道手中，是經歷了DEM公司那件事當天的傍晚時刻。

「這到底是……怎樣啊？」

士道再次讀了手中的信，搔了搔後腦杓。

九月二十五日，星期一。舉辦天央祭的第三天——於DEM Industry日本分公司的攻防戰過後的隔天。

在〈佛拉克西納斯〉整整花了一天接受精密檢查的士道來到天央祭會場所在地天宮廣場。

跟第一天相比，人數驟減許多。這也難怪，本來天央祭第三天就是只限定十所參加學校的學生才能享受文化祭，也就是相當於後夜祭（註：文化祭等慶典最後一天舉辦的總結活動）。

——結果在天宮市掀起的神祕大暴動，以散布特殊幻覺劑的恐怖攻擊告終。

即使士道認為這理由過於牽強，但昨天清晨突然回過神來的美九信徒們，完全不記得被操控時的事，所以也無從追查真相。雖然不合理，但也不得不牽強附會吧。在那場騷動中沒有出現死者是不幸中的大幸。

DEM Industry日本分公司的慘狀也以受到特殊的空間震損害做結。雖然留下了監視器畫面，但他們似乎沒有刻意公開精靈與巫師們的戰鬥。

幫助士道的狂三不知何時消失了蹤影。原本還以為她會有什麼要求……不過至少從那天之後，她就沒再出現在士道的面前。

士道環顧會場，緩緩踏步向前。

由於發生了那種騷動，第二天的天央祭不得不倉促中止，原本也危及到第三天的舉辦……但因為學生們的熱情與〈拉塔托斯克〉的暗中策劃才得以順利舉辦。

而且似乎還進展到要在明天重新舉辦被中止的第二天文化祭……如此一來，就形成後夜祭之後還要舉辦文化祭這種莫名其妙的日程，不過學生們似乎不怎麼在意。

「呵呵……士道。汝的傷勢已經無礙了嗎？呼——不愧是吾相中的男人。」

「提問。十香還沒辦法來嗎？」

經過女僕咖啡廳時，穿著女僕裝的耶俱矢和夕弦對士道如此問道。

「是啊，她好像還沒有檢查完畢，必須買個什麼伴手禮給她才行呢。」

「唔……原來如此呀──話說，士道，汝今日為何男裝打扮？」

「同意。夕弦也很在意。士織同學怎麼了呢？」

「什麼男裝……我本來就是男的啊！」

士道苦著一張臉大叫出聲，只見八舞姊妹哈哈大笑。

「……真是的。」

士道揮揮手說「我還會再過來」便離開了女僕咖啡廳。

沒錯。士道今天有非做不可的事情。

他穿過攤位來到中央舞台。打開門後，傳來熱鬧的曲調與撼動空氣的熱烈喝采聲。

站在舞台上的是美九。身上包覆著靈裝，發出含有魅惑人心靈力的「聲音」，也難怪大家會如此狂熱。

演奏結束，美九上下微微晃動著肩膀行禮，震耳欲聾的掌聲包圍整個會場。

「真的──謝謝大家！」

美九說完後離開舞台。觀眾群再次響起掌聲和呼喊美九名字的聲音。

果然要擠在這麼多人當中是無法到最裡頭吧。士道先離開舞台，繞到後頭從相關人士專用入口進入建築物。

然後站在休息室前敲了敲門。

「是，請進～～」

裡頭傳來這樣的聲音。士道調整好呼吸後推開門。

休息室裡只有美九一個人坐在椅子上，手邊放著保特瓶裝的運動飲料，脖子上披著毛巾。

DEM事件之後，美九即使取回了「聲音」，也沒有反抗地聽從前來事後處理的〈拉塔托斯克〉機關人員的指示，極為安分。

既然士道無法行動，就沒有封印美九靈力的方法，〈拉塔托斯克〉頂多只能監視……不過也沒發現危險的舉動。不僅如此，她還寫信託人送來給士道。到底是怎麼樣的心境變化，簡直就像附身的魔物脫離身體一般不變。

然而事實上——

「！你來了呀，達令！」

美九以雀躍的聲音如此說著從椅子上跳起，突然衝過去抱緊士道。

「達……達令……！」

美九突如其來的舉動嚇得士道發愣，不禁直盯著露出孩子般無憂無慮笑容的美九。

「妳……到底怎麼了啊？明明之前那麼討厭男人……」

「呵呵呵，達令你是特別的～～又是我的救命恩人～～」

美九說著更貼近士道的身體。她豐滿的上圍緊緊頂著士道。

「喂……！」

士道忍不住抖了一下肩膀。或許是察覺到士道的反應，美九露出玩味般的笑容……總覺得這反應令人想起了士織模式時發生的事。

的確，DEM事件發生後，美九的精神狀態十分良好——而且對士道的好感度急劇上升……

但沒想到會如此極端。

士道以前就這麼覺得了，她的個性，還是該說價值觀，果然很接近小孩子。原本非常討厭的事物，只要一個關鍵就會變成最喜歡的。對她而言，那個開關就是DEM事件吧。

士道苦笑著像是突然想起什麼事。

「所以……美九，妳到底要跟我說什麼？」

「哦哦，對耶～～」

美九憶起般輕輕點頭。

接著，無聲無息地突然看向士道——

就這樣踮起腳尖，親吻士道的嘴巴。

「……！」

事出突然，士道不禁慌張地不停轉動眼珠。不過，美九依舊用力緊抱士道，沒有要離開他嘴唇的打算。

「嗯咕……」

「……嗯！」

這麼做的同時，士道感覺到一般溫暖的東西流進體內——

美九身上穿的靈裝化為光之粒子融在空氣中。

「哇……呀！」

或許是發覺到這件事了，美九終於離開士道的嘴唇。

「手腳如此快……達……達令真色……」

「不，不是啦！不是我……」

「呵呵呵，我開玩笑的～～——我聽四糸乃她們說過，全都知道了～～」

美九說完就這樣緊貼著士道微笑。

「咦……？」

士道皺起眉頭。聽四糸乃她們說過——一定是指封印靈力的方法吧。

也就是說，美九明知道自己的靈力會被封印，還主動過來親士道。

「美九，妳……」

——過去如此害怕失去「聲音」的美九，突竟為什麼會……

士道以驚愕的語氣說完，美九輕啟雙唇說：

「因為那時……你答應我了。」

「那時？」

「對……你說就算我失去現在的『聲音』，其他人都不再理會我，你一個人也會當我的歌迷。那是——真的吧？」

「是啊……」

在DEM日本分公司裡，士道確實如此說過。他點頭稱是。

「那是當然。」

他筆直注視著美九，非常肯定地說道。

那不是玩笑也不是什麼恭維。就連平常對偶像這類事情沒興趣的士道，也被美九的歌曲深深打動。

於是美九盯著士道的臉，露出無憂無慮的笑容。

「……你遵守了約定～如果是你就沒關係。就只有你……能夠信任。」

美九在抱住士道的手上施力，繼續說道：

「就算失去這個『聲音』，就算大家不願意聽我的歌聲——只要有你，就好。如果那個時刻真的到來……我會只為了你歌唱。」

「美九——」

士道緊緊抿唇，張開手想回抱美九的身體。

然而，就在士道的手即將緊抱美九的前一刻。

休息室的門被打開，穿著龍膽寺女學院制服的女學生走了進來。

「美九同學！安可聲太誇張了，沒辦法進行下一個環節！再唱一首——呃，咦……！」

士道僵著維持女學生開門後看到的姿勢。

不過這也無可厚非。畢竟衣服被扒掉的超人氣偶像正（看起來）要被一名陌生男子侵犯。

「來……來人呀！快來人呀呀呀呀呀！」

「喂……！等一下！妳誤會了！」

士道驚慌地面向女學生的方向。她一臉混亂，眼珠子不停轉啊轉的跑出休息室。

呆愣地看著這幅景象的美九，過了一會像是忍不住嘻嘻笑出聲。

「啊哈哈！你還是快點逃走比較好吧？繼續待在這裡可是會被逮捕的喲？」

「妳呀，這可一點都不好笑……」

美九聽了再次發笑後抬起頭說：

「……不過，剛才那個女孩說了安可對吧。」

「咦？啊啊……對啊。」

「那麼……我得去一趟才行。衣服嘛……我想想，就拜託女僕咖啡廳借衣服給我好了──你願意看我表演嗎？達令？」

美九對士道這麼說。她的眼神散發出無窮的不安以及──超越不安的強大意志光芒。

「嗯！」

士道用力點頭。

──聚光燈照在舞台上。

於是，充斥安可聲的會場隨著片刻的騷動後，變得鴉雀無聲……

「大家好～～我們又見面了呢～～」

女僕裝美九的登場再次引起歡聲雷動。

士道從觀眾席仰望這幅景象。

在那之後，他好不容易趁別人趕來之前逃離休息室，從舞台入口進去會場等待美九的登場。

「謝謝各位的安可呼聲～可是，不能讓管理的人困擾喲～」

美九有些生氣似的說完，會場中響起「對不起」的聲音。

「不過，我很開心喲～──所以，今天特別要唱我重要的歌曲。」

語落，美九彈響手指。

舞台上開始流瀉輕快的曲調。

當然會場響起了熱烈的歡呼聲，不過同時也能聽見類似騷動的聲音。

這也難怪。因為那首曲子──是收錄在藏在美九自家的CD唱片裡「宵待月乃」的歌曲。

「這是……」

士道注視著美九的身影發出聲音。

美九吐露過去時提到的歌曲。

以前罹患失聲症的美九原本應該在舞台上唱的歌曲。

「──────！」

美九輕快地唱起她理應好久沒唱的那首歌。

她的聲音已經不具魅惑人心的靈力。對於這跟平常的美九有所差異的聲音，觀眾們似乎也微微露出困惑的表情。

不過——隨著歌曲的進行，觀眾們開始展現出不輸前天演唱會的狂熱。

實在跟安可之前的歌曲不相上下。

——不久歌曲結束，舞台被盛大的掌聲與歡呼聲包圍。

「……！」

看見會場充滿歡呼聲的美九，手握麥克風潸然淚下。

「各位……真的非常……謝謝你們……」

觀眾席上傳來嘈雜聲與激勵美九的聲音。不過——

「非常……謝謝大家，我最喜歡……達令了……！」

對於偶像突然說出意味深長的話語，會場內開始鼓噪……士道滿臉冒汗，默默離開會場。

後記

大家好，我是橘「副標明明是美九，封面卻不是美九」公司。

在此為您獻上《約會大作戰DATE A LIVE 7 真實美九》。雖然第四集也是承接第三集的故事，但就在副標題放入同一個精靈名字的意義來說，這是第一次以上、下集的形式呈現給各位。

各位讀者覺得如何呢？如果大家喜歡本書，將是我莫大的榮幸。

讀過本書的讀者應該明白，這一集作品中有一部分的插畫十分驚人。尚未閱讀的讀者們也請務必欣賞。

我在開頭也寫了，這一集的副標題明明是「真實美九」，裝點封面的卻是其他角色。很黑心吧。黑得恰到好處吧。

說起來我從以前就一直很疑惑，為什麼女性角色一旦黑化，裸露程度就會提高呢？果然是因為從年幼時期就一直接觸特攝片和動畫，黑＝惡＝性感大姊姊這種圖示法深深刻印在腦海裡的關係吧。反過來，原本打扮就猥褻的邪惡女幹部想要欺騙主角們，偽裝出現時感覺都穿著裸露程度低的衣服裝清純。貞操觀念與善惡之間還是有所連結。說了一堆，我究竟想說什麼呢？就是封面上的肚臍很性感吧。

好了，動畫的播放時間也愈來愈近。ＴＶ動畫「約會大作戰DATE A LIVE」預定將於二〇一三年四月開始播放。請各位務必觀賞。

另外，《約會大作戰DATE A LIVE》短篇集也決定發售了。故事的形態是將寫不進篇幅的各種角色的日常生活做一個補充內容。這部作品則是預定在二〇一三年五月發售，請各位多多支持。（註：上述皆為日本方面的情報）

這次也受到多方人士的關照才完成這本書。

つなこ老師、責任編輯，其他出版、販售、大眾傳媒及系列商品相關的諸多人士，真的非常感謝各位。

那麼，期待我們能再次相會。

二〇一三年二月　橘　公司

強襲魔女
STRIKE WITCHES
乙女之章 4
STRIKE WITCHES
作者：南房秀久
CAUTION
Kadokawa Fantastic Novels

台湾角川

絕對雙刃 1~2 待續

Kadokawa Fantastic Novels

作者：柊★たくみ　插畫：淺葉ゆう

「異能」與「特別」的相遇
加速了故事的節奏——！

「焰牙」——那是藉由超化之後的精神力將自身靈魂具現化，所創造出的武器。金黃色頭髮的美少女莉莉絲對我撂下一句：「九重透流，從今天起你就是我的『絆雙刃』」。而被稱為「特別」的她，「焰牙」形狀竟是被認為不可能具現化的「來福槍」……？

各 NT$180~200/HK$50~55

Kadokawa Light Novels

當戀愛成為交易的時候

Kadokawa Fantastic Novels

作者：小鹿　插畫：櫻野露

一旦所有交易都只能付出「好感度」作為代價，
若將喜歡一個人的心情都交易告罄，結果將會如何呢？

就讀於只能用「好感度」進行交易的「戀學園」，李賢依是近年來唯一「破產」的學生。他成立了實際目的是暗中破壞他人戀情的「成就戀愛社」，並受到學妹賴一璃委託，找尋一個「能讓他人無條件愛上自己」的道具，卻逐漸發現不為人知的事實!?

NT$200/HK$55

台湾角川

小惡魔緹莉與救世主!? 1~2 待續

作者：衣笠彰梧　插畫：トモセシュンサク

不良少年×惡魔美眉×天使美少女
有點色色的同居愛情喜劇！

自稱是愛麗絲的兄妹——路西昂和莉絲，他們為了調查緹莉以及觀察聽一郎的變化也來到人界。為了完成使命，他們硬是跟著聽一郎和緹莉去海邊暑假打工，而且連桃惠也要一起去!?不良少年與泳裝美少女的暑假開始了！

各 NT$180/HK$50

國家圖書館出版品預行編目資料

約會大作戰 7 真實美九 / 橘公司作 ; Q太郎譯. --
初版. -- 臺北市 : 臺灣角川, 2013.11
面； 公分
譯自 : デート・ア・ライブ 7 美九トゥルース
ISBN 978-986-325-700-4(平裝)

861.57　　102020340

Kadokawa
Fantastic
Novels

約會大作戰DATE A LIVE 7
真實美九

（原著名：デート・ア・ライブ 7　美九トゥルース）

2013年11月27日　初版第1刷發行
2024年4月12日　初版第13刷發行

作　者：橘公司
插　畫：つなこ
譯　者：Q太郎

發 行 人：台灣角川股份有限公司
總 監：呂慧君
總 編 輯：蔡佩芬
主 編：林秀儒
編 輯：孫千棻
設計指導：陳晞叡
美術設計：吳佳昫
印 務：李明修（主任）、張加恩（主任）、張凱棋

發 行 所：台灣角川股份有限公司
地 址：104台北市中山區松江路223號3樓
電 話：（02）2515-3000
傳 真：（02）2515-0033
網 址：www.kadokawa.com.tw
劃撥帳戶：台灣角川股份有限公司
劃撥帳號：19487412
法律顧問：有澤法律事務所
製 版：巨茂科技印刷有限公司
ISBN：978-986-325-700-4